克瓦特探案集 ⑤

圣诞节的阴谋

［德］于尔根·班舍鲁斯 著

［德］拉尔夫·布茨科夫 绘

严莹/徐芊芊 译

汉斯约里·马丁奖

德国优秀青少年侦探故事小说奖

百花洲文艺出版社
BAIHUAZHOU LITERATURE AND ART PRESS

图书在版编目（CIP）数据

圣诞节的阴谋 /（德）班舍鲁斯著；（德）布茨科夫绘；
严莹，徐芊芊译 . —南昌：百花洲文艺出版社，2015.9
（克瓦特探案集）
ISBN 978-7-5500-1505-0

Ⅰ .①圣… Ⅱ .①班… ②布… ③严… ④徐… Ⅲ .①儿童文学–
侦探小说–德国–现代 Ⅳ .① I516.84

中国版本图书馆 CIP 数据核字（2015）第 208496 号

© Hunde, Hüte und Halunken Ein Fall für Kwiatkowski. Bd.09 (2000)
© Frohes Fest, du Weihnachtsmann Ein Fall für Kwiatkowski. Bd.10 (2001)
by Arena Verlag GmbH, Würzburg, Germany.
www.arena-verlag. de
Chinese language edition arranged through HERCULES Business & Culture
GmbH, Germany
Translation copyright © 2015 by shanghai 99 Culture Consulting Co.Ltd.

江西省版权局著作权合同登记号：14-2015-0219

圣诞节的阴谋　克瓦特探案集⑤

〔德〕于尔根·班舍鲁斯　著　〔德〕拉尔夫·布茨科夫　绘
严莹　徐芊芊　译

出 版 人	姚雪雪
责任编辑	王丰林　郝玮刚
特约策划	尚 飞　杨 芹
封面设计	李 佳
出版发行	百花洲文艺出版社
社　　址	南昌市红谷滩新区世贸路 898 号博能中心 A 座 9 楼
邮　　编	330038
经　　销	全国新华书店
印　　刷	山东德州新华印务有限责任公司
开　　本	889mm×1194mm　1/32
印　　张	6.125
版　　次	2016 年 2 月第 1 版第 1 次印刷
字　　数	52 千字
书　　号	ISBN 978-7-5500-1505-0
定　　价	16.00 元

赣版权登字：05-2015-356

网址　http://www.bhzwy.com
图书若有印装错误，影响阅读，可向承印厂联系调换。

目 录

克瓦特探案集

蒙面比尔和他的大丹犬

严莹 译

上礼拜六门铃响了，是贝克尔太太，她住
在我们这幢楼的二层。"我的萨姆森不见了！"
她一个劲地抱怨，"我不知道该怎么办，克瓦
特，你可得帮我把它找回来！"

萨姆森是贝克尔太太的一条短腿小狗，就连女主人上个厕所的当口，这家伙也要狂叫不止。有时候吵得我和妈妈晚上睡不成囫囵（hú lún）觉。那种时候我们都恨不得把它的脖子拧断，不然也得把它的嘴巴封上。

　　我摇摇头，对贝克尔太太说："很遗憾，我不负责狗的事。"

　　"可为什么不呢？"她叫起来，"警察也不愿意管！"

那是当然啰，警察才不会去找一条失踪的小狗，他们还有更重要的事要做呢。

尽管贝克尔太太哀求了我好一会儿，甚至提出给我二十马克的报酬，但我还是没有答应。去找一条小狗？这事要是传出去，我还有什么脸去见城里别的侦探？我的名声就此一落千丈啦！

几天后，萨姆森被找了回来，这家伙在树林里迷了路，被一个散步的人捡到，送到动物收养所，最后又被送回了贝克尔太太家。

我可不接找狗的活。决不！不过，这并不是说，我从来不跟狗打交道。我曾经有一个案子就是跟一条狗有关的，可那不是一般的狗！

自从和"大王"较量失败后，我就在考虑是否该终止我的探案生涯。我郑重地问自己，我

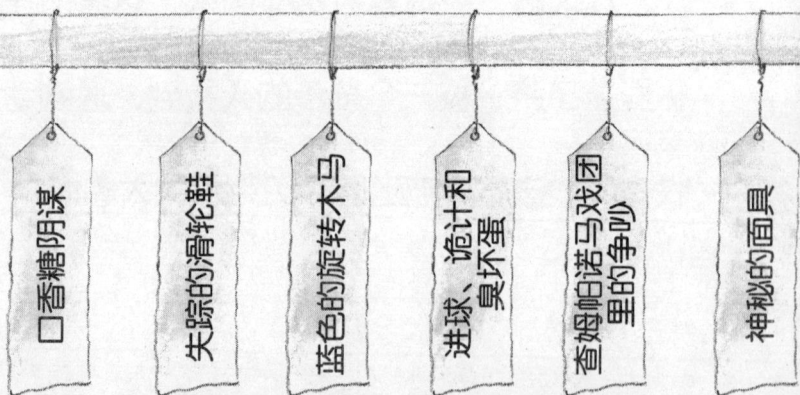

以后是否还愿意为了案子冥思苦想、辗转反侧；是否还愿意为了破案冒各种风险，比如被人劫持、上当受骗。被"大王"轻而易举地击败，让我觉得自己就像个初出茅庐的小毛头一样。

这几个星期，我几乎天天往奥尔佳的售货亭跑。奥尔佳是我最好的朋友，售货亭是她开的，我总在她这里买卡本特牌口香糖。只有奥

探案生涯

暗夜里的蓝色光头

两个侦探的较量

尔佳的售货亭才卖这种美味的高级货。

奥尔佳想方设法地安慰我，一遍又一遍地对我说："在我眼里，你一直，并且永远是最棒的，不管发生什么事！"她的这些打气的话对我已经不起什么作用了。

我沮丧地吸着汽水，回想着过去抓坏人的好时光。直到有一天，"蒙面比尔"出现了。

那天，我在奥尔佳的售货亭后面，坐在装矿泉水的木箱上翻连环画。

突然，我听到一种低沉的轰鸣声，就像一辆大功率的摩托车轰油门的声音。我好奇地站起来，朝着售货亭门口的一个角落望去，我的目光突然撞上一个庞然大物眼里射出的凛凛寒光。

这个怪物的眼睛又大又黄，巨大的鼻子是深棕色的，一张强有力的大嘴里露出两排锋利的牙齿，让人不寒而栗。我的妈妈呀！有那么几秒钟，我的心脏都停止了跳动，直到一个男人低沉的声音响起来："过来，沃塔，乖一点！"

这个庞然大物转过身去，我才发现这是条大丹犬。它有一头小牛犊那么高，长着灰色平滑的皮毛。

狗主人看起来更让人生畏。他起码有两米高，一顶宽檐牛仔帽扣在长长的白发上。最令人惊奇的是，在他的眼睛和嘴巴中间缠着一块蒙面的面巾。还有半年才是化装狂欢节啊，周围也没什么怪味或粉尘，这人究竟为何要用面

2米!

?

巾遮住鼻子?

"你不必害怕，"他对我说，"沃塔喜欢孩子。"说完，他转向奥尔佳，"我要买雪茄。"

奥尔佳一边把各种雪茄摆到柜台上，一边给我介绍道："这是威利。"

男人笑了笑："人人都叫我'蒙面比尔'。我在一次摩托车事故中丢掉了我的鼻子。说实话，原本我的鼻子长得挺帅气，可是现在如果没有这个面巾，我就见不得人啦。你叫什么名字?"

"克瓦特。"我说。

"他是一个私家侦探呢。"奥尔佳补充道。

"就这种古巴雪茄，请给我拿十只。"蒙面比尔说。

然后他转向我，很严肃认真地问："你是私家侦探？"

我简直不敢相信——要知道我毕竟还是个孩子。孩子当侦探，通常会遭到大人们的讥笑，蒙面比尔是第一个没有取笑我的大人。尽管他的样子让人害怕，但我还是立即对他产生了好感。

"对，至少在几周前我还是。"我回答道。

蒙面比尔从上衣口袋中掏出一张皱巴巴的纸条递给我。

"你念一下这个，克瓦特。"他说。

我 轻 声 念 道："有人举报您的狗在

本月14日将一位先生的短腿小狗严重咬伤，以至于不得不为小狗实施安乐死。另外，有人看到您的狗在城市公园里追猎野兔和狍（páo）子。鉴于这些情况，请您立即到警察局234号房间来一趟。"

"沃塔不会干这些事的，而且它喜欢小狗。一定是有人想让我背黑锅。"蒙面比尔说。

"说不定是他们看错了。"奥尔佳插嘴道。

这个高个子男人摇摇头，说："像沃塔这

背这口锅！

样的狗不会再有第二条。这个案子你接不接，克瓦特？"

"接吧，我的甜心。"奥尔佳说。她老这么叫我，尽管我已经不止一次禁止她在有外人的时候这样称呼我。

这个案子引起了我的兴趣，甚至是强烈的兴趣。"大王"借助手机和电脑战胜了我，但这个案子却要以智慧取胜，而且当时我感觉自己的状态还不错。

"行，这个案子我接了。"我说。

"我该如何付你报酬呢？"蒙面比尔问。

"如果破了案，您就给我五包卡本特牌口

香糖。"我回答。他笑起来："你的品位不错，
小伙子。卡本特牌是最好的牌子。"

"我同意，克瓦特。"说完，他向我伸出他
的巨手，"说定了！"我和他击掌为誓。

此时此刻不知道沃塔在想些什么，它突然
将前爪搭到我的肩膀上，并伸出湿漉漉的舌头
舔我的脸。

"妈呀！"我叫起来，撒腿就跑，身后传来
奥尔佳和蒙面比尔的笑声。

2:00
放学
2:30
调查开始！

第二天一放学我就立即开始调查。

我先从奥尔佳那里搞到了蒙面比尔家的地址，然后乘车到了他家门口，等着他和沃塔出门。我要亲眼看看这条大狗在户外的举动。我不太相信这条能发出像油门轰鸣的声音的巨犬真像它的主人说的那么和善。

我一直注意和他们保持距离，以免被发现。

我跟踪他们来到了城边的树林里。沃塔拉

扯着牵狗绳，发疯似的往前窜，蒙面比尔两手死死地拽住狗绳。

到了树林深处，他解开狗绳让沃塔自由地奔跑。我迅速四处搜寻一棵能爬上去的树，这样就不怕被沃塔发现了。但它对我丝毫没有兴趣。它汪汪大叫着，在杉树林里很快就跑得没了踪影。

不一会儿，它又冒出来，给主人叼回来一截中等大小的树干，随即又消失得无影无踪。接下去的半个小时，它叼回来的不外乎是些树枝、

树干什么的，追猎兔子狍子之类的说法简直就是没影的事。

后来，蒙面比尔给沃塔套上狗绳，打道回府了。我仍在他们身后跟了一阵子，直到树林边上的停车场，我向他们走过去。

"你好，克瓦特。"蒙面比尔很诧异地向我打招呼，沃塔也发出沉闷的哼哼声，像是从地下传来的。

"你从哪儿钻出来的?"

"我碰巧也到树林里来。"我回答。这个戴着宽檐帽、系着面巾的男人笑起来，说："你在跟踪我们，是吧?"

我点点头。

"你想看看沃塔是否真像我所说的那样，确实不追猎小动物，对吗?"我又点点头。

他轻轻拍拍我的肩膀，说："你很多疑，克瓦特，我喜欢你这点。所有的好侦探都是多疑的。"我干咳两声以掩饰窘态。

"警察局那里怎么样?"我问道。

蒙面比尔一边抚摸着沃塔一边说："咬伤短腿小狗的事看来确实是搞错了，总之指控被人收回了。不过，他们威胁我，如果沃塔被发现追猎小动物的话，就会给它实施安乐死。你说，这是不是太过分了？"

　　这时沃塔朝我走来。我尊敬的卡莱·布鲁姆奎斯特^①神探啊，牵着这么一个庞然大物真的就没有什么东西好怕的了。

---

① 　卡莱·布鲁姆奎斯特：瑞典著名儿童文学女作家阿斯特丽德·林格伦的儿童侦探小说系列中的名侦探。

"你尽管摸它，克瓦特。"蒙面比尔说，
"它就喜欢玩，它还是个小宝宝呢。你知道吗，
它还在长个呢。"

"还……还……还要长？哦，天哪！"我结
结巴巴地说。

我小心翼翼地伸出手，放到这条大狗的身上。它的毛摸起来好舒服，真的！

"沃塔喜欢你，"蒙面比尔说，"它喜欢你摸它。"

如听到命令一般，沃塔准备像上次那样扑上来舔我的脸。不过这次我早有防范，赶紧往后一闪，躲开了。我早上可是刚洗了脸的。

"您肯定没有弄错？说不定城里还有别的大丹犬。"我问。

蒙面比尔摇摇头："不，城里所有的大丹犬我都见过。它们要么个头比沃塔小，要么毛色跟沃塔不同。相信我，克瓦特，确实是有人想整我。"

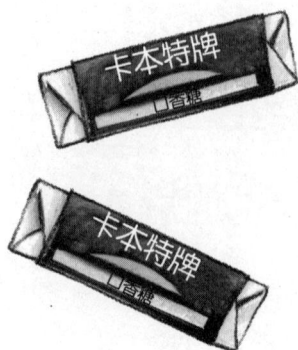

"没准儿。"我把一块卡本特牌口香糖塞到嘴里，问蒙面比尔，"您也来一片？"

"卡本特？当然！现在我们该怎么办？"他问我。他接过一片口香糖后，又说："我可不想我的沃塔出什么事。"

"我会有办法的！"我说。

在回家的路上我碰到了两条大丹犬。一条长着白毛，个头很小。另一条虽然个头和沃塔差不多，但毛是黑色的。不错，混淆的可能性确实可以排除了。

那么接下去我该怎么行动呢？

难道在报上登一条广告：

toffeln. Es hört auf
men Herbert. Hinweise
: Tel. 627 726

e Stefanie sucht ständig
ene und gut erhaltene
ng von Kindern und
senen. Ich biete gute
Bitte im Laden melden
782 von 10-18:30 Uhr.

Alle etwa 2-3 cm
groß und ganz goldig! Telefon
tagsüber: 213 365

谁对沃塔和蒙面比尔心怀不满，
请致电克瓦特先生。电话号码：
778885

Magic Michael zaubert auf allen
Geburtstagen eine supertolle
Stimmung. Am liebsten zaubere
ich Knackwürstchen mit Kartoffel-
salat aus Kinderoh

und
schönstes Fest. Telef

Gesundes, fideles,
Hauskaterchen benö
hübsches Zuhause be
lieben Menschen in
Verhältnissen. Telefo
spät abends anrufe

Backtherapie! Psy
sucht Mitglieder, d
Sorgen und

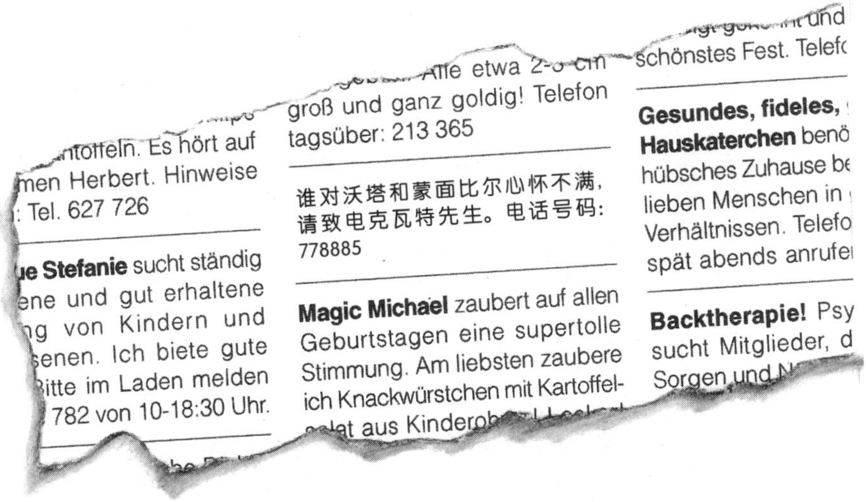

哎，荒唐！我必须去问问蒙面比尔本人有没有敌人。有可能是他的邻居不喜欢沃塔。如果问不出什么结果，那我可真是一筹莫展了。

回到家，妈妈的脸色很难看，这表明一定没什么好事。果然，她阴沉着脸说：“我们不是说好你放学后立即回家的吗？”

“我知道，妈妈。”

"饭都凉了。"她接着说。

"我很抱歉，妈妈。"

"你的家庭作业做了吗?"

"我马上就做，妈妈。"我说。

她叹口气，抚摸着我的头发，说:"我实在没

时间管你，医院的工作把我所有的时间都占了。"

"我爱你，妈妈。"

"我也爱你。"妈妈说，"你到哪儿去了?"

"树林里。"我回答。

"又接了案子？"

我点点头。

"我以为你不再想……"

我立即打断她的话，说："这次是关系到一条狗。"我给她讲了沃塔和蒙面比尔的事。

我妈可喜欢狗了，当然萨姆森除外。我知道这一次妈妈是不会反对我调查的。事实果然如此。"这世上确实有些心术不正的人。"我讲完后，她说，"你会查出真相的，对吧？"

"当然，妈妈！"

"我们今晚在萨尔瓦多比萨店订比萨吃，怎么样？"她问我。

"太棒了！"我说。

晚上我睡得很不好，净梦到巨型猛犬追赶我，它们都长着令人胆战心惊的黄眼睛。

早上起来，我发现我的卡本特牌口香糖一片也不剩了。幸好妈妈到医院上早班去了，我才可以由着性子吃早饭：我站着，三下五除二地把一块黄油面包消灭掉，还喝了一杯可乐。如果妈妈在家，我可不敢吃这么快。之后，我跑去奥尔佳那儿。

"你好，我的天使。"奥尔佳向我打招呼。没办法，我实在无法让她忘掉这些愚蠢的称呼。她说，她恨不得收养我，所以她有资格称我为"甜心""天使""亲爱的"什么的。我虽然也喜欢奥尔佳，但我因此叫过她"小羊羔""小老鼠"吗？

"你好，奥尔佳，"我说，"我要五包卡本特。"

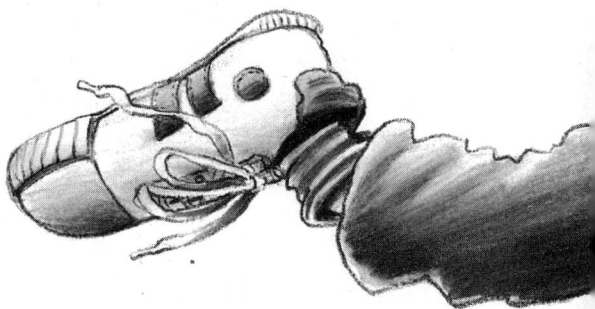

她把口香糖放在柜台上："这东西你永远都吃不腻吗？"

"永远都不会腻。"我说。我转身想走，她抓住我，塞了张报纸到我的手里。"今天的报纸，"她说，"快读读这篇文章。"

"没时间了，奥尔佳。我得上学去。"

"那就带上它。"她说。

我边往主街上走边读那份报纸。在《巨型恶狗咬伤行人》的标题下登着这样一篇文章：

"昨天下午，一位60岁的行人在树林里遭到一只游荡的大丹犬的袭击。该行人不得不被送到医院接受住院治疗。据伤者口述，那是一

条体形巨大的灰色大丹犬。至今这条恶狗下落不明。"

昨天下午？不可能。昨天下午我和蒙面比尔以及沃塔都在树林里。如果沃塔伤了人，我还会不知道？

在学校里我没法专心听讲。很快，我在自然常识课上得到了我的第一个不及格。

一个侦探在调查一件错综复杂的案件时，哪还有时间去钻研水循环之类的问题呢？

回到家，妈妈正在厨房里做饭。她在做土豆烤饼和煎香肠。这是我第二爱吃的食物，排在比萨饼之后。

我把报纸举到妈妈的鼻子下，说："你得读读这篇文章。"她在裤子上擦了擦手，读了起来。读完后她问我："这条大丹犬是不是你说的沃塔啊？"

我摇摇头，说："如果是它的话，这事我不会不知道。"

这当头，我突然心生一计，虽然完全有可

能犯方向性错误，但我必须试一试。

"妈妈，我需要你的帮助。"我说。

"帮什么？"她问。

两分钟后她拿起了听筒，拨通了城里四家

医院的电话。到处都有我妈妈认识的护士，她

们全部立即表示愿意帮忙。

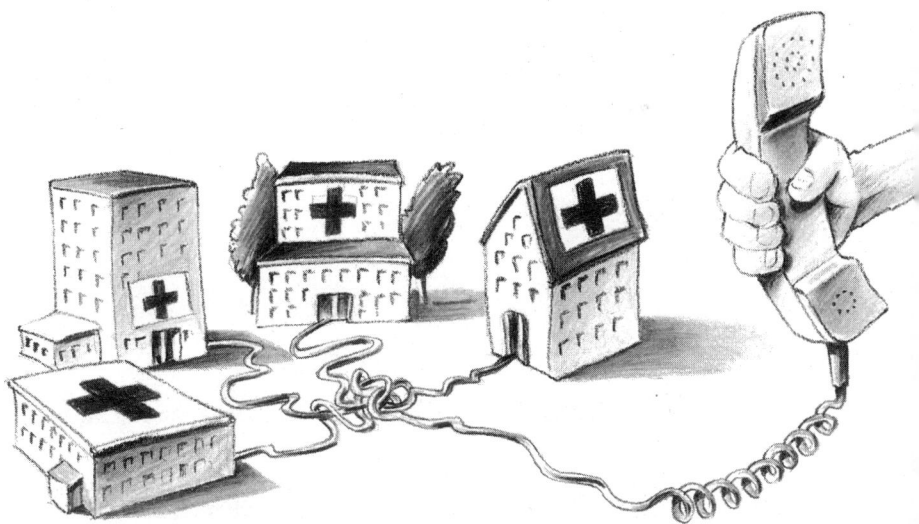

一圈电话下来的结果让我们非常震惊：没有一家医院的住院部接收过一位被狗咬伤的病人。

"居然有这样的事！"妈妈边说边擦去额头上的汗。

我从她手里拿过听筒，挂上电话后说："一定是有人对报社说了谎。妈妈，我得出去一趟。"

"去报社？"她在我身后问道。

"那是当然！"我答道。

报社的人先不让我进去。后来，我对女秘书结结巴巴地编了我可怜的波斯猫被患有狂犬

病的狗咬伤的故事后，她才软下心来，把我带

到那篇文章的作者面前。

那个记者正在电脑前写东西，烟灰缸里的

半支香烟还在冒烟，写字台上堆满了各种各样

的纸张和照片。这零乱的场面让我想起了我的

房间。

"什么事?"他问道，眼睛仍盯着电脑。

"是关于您那篇大丹犬伤人的报道。"我说，"您的报道并不属实。"

这个记者这会儿抬起头来看看我，大叫道："你在瞎说什么，小屁孩？那篇新闻报道当然属实！"

"不对。"我平静地回答。然后给他讲了妈妈给各个医院打电话调查伤者的事。

这个记者先是张着嘴说不出话来，然后他干咳了几声，问我："这件事跟你有什么关系？"

"我叫克瓦特，"我答道，"我想知道，是谁对您撒了这么一个弥天大谎。"

这人笑起来："你真是不知天高地厚，克

瓦斯。我决不会向你透露我的消息来源。"

我始终保持冷静："我叫克瓦特，不叫克

瓦斯。如果您不合作的话，我也可以去找您的上司。他一定想知道您采用消息而不加核实的事。"

有那么一会儿，这人像要扑上来掐住我的脖子，不过他很快就恢复了常态。

"别这样嘛，小克瓦斯。"他嘟囔着，"如今的孩子还能够保持好奇心，不错不错。是警察局的一个人给我打的电话，他叫彼得·彼得森。不过，你得说说，这事到底跟你有什么关系？"

"我是一名私家侦探。"我回答，然后和他说再见。他张大嘴巴盯着我离开。

到了大街上，我马上跑到最近的电话亭。

和"大王"的较量失败后，我一直随身携带一张电话卡。当然我更希望自己能有一部手机。不过我还没能说服妈妈给我买一部。

"这里是警察局，我是警官桑格尔。"听筒里传来一个声音。

"您好，我想和彼得森先生讲话。"我不慌不忙地说。

"谁？"

"彼得森先生。"

"哪个彼得森？"警官问道。

"彼得·彼得森，他是你们警察局的。"

"我们这儿没这个人。"

"您肯定？"我问。

"百分之百肯定。"

我道完谢，若有所思地挂上了电话。现在最后一个疑问被排除了。确确实实有人在挖空心思陷害沃塔和蒙面比尔。可是，对方出于什么动机呢？沃塔和蒙面比尔到底什么地方得罪了这个人呢？城里有那么多狗，为什么偏偏选中了沃塔？没关系，我会查出真

相的。我对自己起誓，要不我就不叫克瓦

特了。

星期六我和妈妈一起吃早餐。她今天休息。妈妈给我讲了医院的事，我给她讲我在报社和警察局调查的结果。

早饭后，我们一起收拾了饭桌并洗了碗，然后我出发去城边的树林。我也不知道我去那里到底能找到什么。但是我的调查必须进行下去，毕竟有人举报沃塔在那里袭击了小动物和行人。

停车场上只停了一辆车。车牌是附近一个城市的。这辆客货两用车靠货厢的地方安装了一道栅网，这是用来隔离货厢里的狗和汽车后排乘客的。

我躲在灌木丛后，等待车的主人回来。等着等着，天开始下雨，雨水从外套领口钻进了我的衣服。

两个多小时后，当我已经被雨淋透时，那人才从树林里走出来。他穿着长雨衣，帽子压得低低的。他随手将一个塑料袋扔到一个果皮箱外，然后跳上汽车，绝尘而去。这家伙看起来非常急着离开。

我从灌木丛后走出来，仔细观察那个塑料袋。它的外观并没有什么特别之处，但袋子里装着一根带血的骨头，就像我妈熬汤时用的那种。只不过这根骨头散发出一种不寻常的刺鼻气味。

咦，为什么这个男人要将这样一根臭骨头

鲜肉
骨头

带到树林里来？这根骨头会不会被下了毒？林子里会不会到处都放置着这样的骨头？这一切是否都是冲着沃塔来的？

之后的几个钟头里，我在蒙面比尔带沃塔散步的那条小路两边搜寻，试图发现别的骨头。结果真的又找到好几根。它们散发出一样的臭味。另外，我还有别的发现：一只死狐狸。也许只是凑巧，但我敢肯定这只狐狸就是被这样一根骨头毒死的。随后我乘车去找蒙面比尔。

等了好一会儿蒙面比尔才来开门。他穿着一件浴衣，趿拉着一双拖鞋，头上仍戴着那个面巾。

"快进来，克瓦特。"他说，"我这儿乱糟糟的，别介意。昨天我很晚才睡。"

沃塔也过来问候我。它把爪子搭到我的肩膀上，如果不是蒙面比尔站在我身后，我一定会被它扑倒的。

"出去，沃塔！"蒙面比尔叫道，沃塔马上乖乖地出去了。屋子里看起来就像被龙卷风刮过，到处都是满满的烟灰缸和空酒瓶，茶几上

摞着好几个装着剩菜的盘子。

蒙面比尔随手把一条裤子和一双袜子从椅子上收走，对我说："坐，克瓦特！调查进行得怎么样？你是不是已经知道是谁在陷害我和沃塔了？"

我摇摇头，举起纸袋子："我找到了这个东西。"

蒙面比尔把袋子从我的手上接过

去。"骨头?"他问,又闻了闻,咕哝道,"是老鼠药。这些骨头百分之百被下了老鼠药。你从哪里搞到它们的?"

我给他讲了这些东西的来历。蒙面比尔久久地说不出话来。沃塔趴在蒙面比尔脚下快磨穿的地毯上,用那双黄眼睛目不转睛地盯着主人,尾巴敲打着地板。

"这个混蛋!"他突然进出这句话,"这个该死的猪猡!"

我马上恍然大悟,问:"您该不会认识那个穿雨衣的男人吧?"

他摇摇头:"我是丈二和尚

摸不着头脑。克瓦特，你能给我一片卡本特吗？"

我给他一片："您有没有仇人？"

"仇人？我？"他笑起来，"荒唐！"

"有没有哪个邻居不喜欢狗呢？"我继续问道。

"恰恰相反，所有的邻居都喜欢沃塔。我还得提醒他们不要惯坏了沃塔。"

我又问他是否认得停车场上的那辆汽车。他还是摇头。不过，我对车的描述也不太确切。

"克瓦特，现在你进入了一个死胡同，是吗?"他边挠沃塔的耳朵边对我说。

"还早着呢。"我大声反驳。不过，他说的却是实情，我对接下来的调查真是一筹莫展。

"今天你们最好别去树林，"我说，"接下来几天也别去。"

"你说得有道理。"蒙面比尔说。

"你找到的骨头或许还不是全部。我马上给护林人打电话，让他警告其他遛狗的人。"他看到我站起身来，连忙问，"你这就要走了吗? 真抱歉，克瓦特，我连水都没有给你喝一口。"

　　"没关系。"我说，"请好好留意沃塔。我
会和您联系的。"

5 纯种狗 大赛

晚上，在我家门口的那棵大板栗树上，我看到了一个广告牌，上面写着："纯种狗大赛：世界上最漂亮的纯种狗比赛，从刚毛小猛犬到大丹巨型犬，应有尽有……比赛于第二天举行，免费入场。"

"从刚毛小猛犬到大丹巨型犬"，我边开门边琢磨这句话。

从刚毛小猛犬到大丹巨型犬……我问自己，如果大丹犬沃塔也报名参赛，那会出现什么样的情况呢？

它的竞争对手会不会阻挠它参加比赛？

树林停车场的那辆车不是也有隔离狗的栅网吗？

会不会那个穿雨衣的人

也有一只大丹犬，所以担心

在比赛中会输给蒙面比尔和沃塔呢？

克瓦特，我对自己说，你果真是一个聪明

绝顶的家伙。

我马上进屋拿起电话。我的运气不错，蒙

面比尔在家。

"您打算参加纯种狗大赛吗？"我兴奋地

问他。

电话那头响起一阵笑声："不是我，克瓦

特，是沃塔参加比赛。你怎么知道的？你这么

有先见之明啊？"

我给他讲了我的怀疑。

"天啊！"我说完后，他说，"你说得肯定没错。那我们现在该怎么做呢？"

"这个穿雨衣的男人今晚一定不会善罢甘休的。"

"没错。"蒙面比尔在电话里说道。

"等他再下手的时候，我们一定得抓住他。"说完，我讲了我的计划，"最重要的是，在我来之前，您得看好沃塔。以后的事就由我来接手。"

"同意，克瓦特。可你怎么出来呢？"他问，"你妈妈肯定不会轻易同意你在深夜里出门的，是吧？"

"不用担心。"我说。

"不用担心"是句大假话，因为妈妈恰好在这个紧要的晚上不去上夜班。为了能继续办案，我只有一个办法：玩老掉牙的假人把戏。

不过，这个把戏也并非不值得一试。到现

在为止，我已经成功了两次，这第三次也一定不会失败的。

　　吃过晚饭，和妈妈下完一盘跳棋，我回到了自己的房间，换上睡衣，洗完澡刷过牙，然后上床睡觉。

　　半小时后，妈妈来跟我道晚安。她吻我时，我打了一个长长的哈欠。

　　"你一定很困了。"妈妈说。

　　"那还用说。"我含糊不清地回答。

　　妈妈前脚走，我后脚就跳下床，重新穿上衣服。

在我的背包里，我装上了一包卡本特牌口香糖、一瓶鲜牛奶、一件厚外套以及一支手电筒。随后，我把我的大狗熊萨姆森放到床上，给它套上我的睡衣，再盖上被子，只把它的耳朵尖露在外面。

接下去就是最高难度的动作了。我蹑手蹑脚地打开窗户，尽量不出声响地爬到窗台上，将背包扔到遮雨篷上之后，再小心翼翼地爬下去，然后从外面关上了窗户。

好了，这个过程也搞定了。然后，我站在遮雨篷上顺着雨水导管往下爬，最后安然无恙地落在我家大门前。等完事后回家就简

单多了，毕竟我

有自家的钥匙，而

且妈妈那时候总是睡得

很沉。

　　这个时候，城里已经没什么动静

了。小酒馆陆续关门，店主们将椅子倒

扣在桌上以便清扫。卖土耳其肉饼的摊

子前，有一个顾客正在和摊主争吵，公

共汽车站前的长凳上有两个小伙子正蹲

着喝啤酒。

　　蒙面比尔家所在的那条大街已空

无一人。我看了看表，十点刚过。他家亮着灯。我按响了门铃，蒙面比尔出来开了门，他身后站着龇牙咧嘴的沃塔。

"它一切正常吧？"我问。

蒙面比尔点点头："我一直注意着它呢。"

"带它回狗舍吧。"我说，"现在轮到我值班了。"

"噢，不，我的朋友，"蒙面比尔说，"我和你一起守夜。再怎么说你还是个孩子。"

垃圾

管道堵塞

我耸了耸肩，说："随你便。"

22:30 我们将沃塔关到花园小屋后面的狗舍里，然后一同藏到屋外的黑暗角落。沃塔先是兴奋地大叫，然后安静下来，趴到一个角落里睡着了。

时间在悄悄流逝。我 **23:55** 的牛奶早就喝光了，口香糖也只剩下最后两片。

"那人不会来了。"蒙面比尔小声说，并打了一个哈欠。

"会来的。"我说。我也不知道为什么，但我很肯定。

我习惯在夜里调查，当然，夜里会很累，

而白天的调查会更有意思。不 **0:20** 过，只要稍稍受些训练，就不难在夜里保持清醒了。蒙面比尔显然没有经过训练，不知道从什么时候开始，他发出了均匀 **0:45** 的呼吸声。他睡着了。幸亏他不打鼾。

我没叫醒他。如果那个穿雨衣的男人真的来了，我随时可以把他叫醒。

夜里 12 点已经过了很久。这时候，一辆没有亮灯的车悄 **2:05** 无声息地滑到了蒙面比尔家的大街上。刹车发出刺耳的声音，随后车门轻轻地打开又关上了。好戏要开演了，我的直觉告诉我。可当我

试着叫醒蒙面比尔时，他却怎么也醒不过来。

我尊敬的布鲁姆奎斯特神探啊，现在得看我一个人的啦！

花园的门嘎吱一声被打开了，砾石子路上传来脚步声。我屏住呼吸，密切注视着花园小屋的那个角落。毫无疑问，穿雨衣的男人来了，帽子压得遮住了大半张脸。他蹑手蹑脚地朝狗舍摸去。

在这个节骨眼上，沃塔蓦地醒了。它站起身来，盯着这个陌生人，既不叫也不作声，但它的黄眼睛闪着寒光。

接下去的一切发生得太快了。那人将手伸到大衣口袋里。我想，他在掏手枪！他要向沃塔开枪了！我跳出来，抓住那人的胳膊，我的手立即粘上了一种湿漉漉的东西。

我本想拽住那人的大衣，但他挣脱了，就像一只恶心的臭虫从我的手心里蹦了出去。只见他飞奔回汽车，不一会儿就响起了马达声，接着汽车飞快地开走了。那是一辆客货两用车，我在黑暗中还能辨别出来。

这些动静把蒙面比尔惊醒了。"出什么事了？"他边打哈欠边问。

"那人来过了！"我叫道。

"谁？"

"还能有谁？"我叫起来，"那个穿雨衣的男人呗。"

"胡说，"蒙面比尔边嘟囔，边揉眼睛，想把瞌睡虫赶走，"你做梦了。我们先回屋去吧。"

在这个晚上之前，我一直以为我在蓝色光头一案中已经和颜料打了足够多的交道，现在看来这完全是错误的想法。在蒙面比尔家门厅的灯光下，我发现我的整个左手被染成了亮闪闪的鲜红色。

"现在您该相信我的话了吧?"我问他，"那人企图往沃塔身上泼颜料，以此阻止沃塔

参加大赛。"

"颜料应该可以洗掉的。"
蒙面比尔说。然而，无论我们
怎么擦洗冲刷，那红色还是牢
牢地粘在我的手上，跟蓝色光

头一案中的情形一模一样。

"如果那人在比赛中露面的话，我们就可

以抓住他了。"我走的时候对蒙面比尔说。

"为什么？"他问。老兄啊老兄，看来你还

没睡醒。

"他身上也粘上了颜料呗。"我耐心地跟他

解释，"如果我们看到谁的手上有红色的颜料，

那他就是我们要找的人。"

第二天，我费尽心思才没让妈妈看到我的左手。洗漱时我把卫生间锁上了，早餐时我把左手揣在裤兜里。尽管妈妈皱着眉头看着我，但并没有说什么。

可能她太累了，不想跟我讨论在饭桌上的就餐礼仪。这对我来说再幸运不过了。

"你睡得好吗，妈妈？"我问。

"非常好，"她说，"你也睡得不错吧？"

我点点头。

"昨晚我再去看你时，你的呼噜打得像一头小熊。"

对此，我最好不要发表评论。用狗熊萨姆森来冒充我的伎俩显然奏效了。不过我倒还不知道，这老伙计还会打呼噜。

吃过早饭，我乘车去了市里的大礼堂。那儿还不是很热闹。一些狗待在自己的笼子里，另一些狗正让主人为它们梳妆打扮。蒙面比尔和沃塔还没有到。

不过，在大丹犬的大本营里我发现了一个戴着手套的男人。大本营里热得像桑拿浴场，而这人竟然还戴着手套！他在营地里忙乎着，旁边卧着一只庞大的灰色大丹犬。铁栏杆上挂着的牌子上写着：太阳山的阿尔夫，四届世界冠军。

我的脑子急剧转动，现在我该怎么办？冷静，我命令自己。我将一片卡本特塞进嘴里。我敢肯定，这就是那个试图阻挠沃塔参赛的人。如果能看到他的手，我就有证据了。

我定定心，朝这个人走过去，说："你好。"并向他伸出手。但是，这人并没有像通常情况下那样摘下手套和我握手，而只是冲我点点头。于是，我看到了他的下巴上有一大块红色斑点。

这下可被我抓住了证据。不过，在这个紧要关头可不能鲁莽行事。"您的狗很漂亮。"我说。

"阿尔夫是最棒的，"这个人说，"它这次又要当冠军了。"

"它不会的。"我说。

这个人先惊愕地看着我，然后大笑起来。笑声听起来很不善。"为什么，小孩?"他问。

我朝他走近一步，把我的红色拳头举到他的鼻子下。

"就因为这个。"我回答，"昨晚你企图往

蒙面比尔的狗沃塔身上泼颜料，我从你手里夺

过了它。"

这人瞠目结舌。

"如果你不立即

带着你的狗消失的

话，我就叫警察。"

我说，"他们一定想

知道你下老鼠药的事。"

这人的眼睛眯成一条线。"你……你……"

他说不出话。

"我叫克瓦特，侦探克

瓦特。"我说，"现在请你

立即离开吧！"

沃塔后来当然拿了冠军。它的得分高过了以往任何一只德国大丹犬。即使那个太阳山的阿尔夫参赛，也不会有赢的机会。当蒙面比尔接过奖杯和获奖证书时差点哭起来。沃塔为了表示对我的感谢，将我的脸舔了个遍。另外，我的酬劳也翻了一倍。蒙面比尔给了我十盒卡本特。我欣然接受。

几天后，奥尔佳把我拉到一边，说："我有个任务给你。"

"一个任务？"我倒很感兴趣。

"一个女邻居的狗跑丢了，"奥尔佳说，"她让我问问你能不能帮她找回来。我对她说过，你对狗的事很在行。"

我深深地吸了口气。"奥尔佳，"我吼道，

"一个爱惜名声的侦探才不会去找什么狗的！

明白吗？"

"明白了。"奥尔佳小声嘀咕着。

"来一瓶汽水，怎么样，我的甜心？"

克瓦特探案集

圣诞节的阴谋

徐芊芊 译

奖给我们史上最
优秀的守门员。
——F.C. 霍仑德尔队

我今天从学校一回到家门口，
就被妈妈截住了。"有人打电话
找过你。"她对我说。

"啊哈。"我只应了
一声，就把书包扔到我

的房间里，然后跑进了厨房。老实说，这种事压根提不起我的兴趣。

首先，有人打电话给我是常有的事，因而我没兴趣立刻扑到电话前。其次，今天早上我让妈妈把课间点心留在了家里，结果在学校时我差点饿得昏过去。我妈一边往盘子里装炒土豆和奶酪烤花菜，一边说："我把电话号码抄下来了，她要你尽快回电话。"

"她？"我问道，嘴巴里塞得鼓鼓的。

我妈点点头："打电话的是个女孩子，她的名字我忘了。"

一个女孩子？不管是哪个女孩子，给她们打电话简直就是自找麻烦。女孩子那一套我领教多了，简直是受够了！跟她们打交道我就是聪明不起来。她们总是这样地……这样地奇怪！她们只需要眼巴巴地盯着我看，用一种说不清的、怪怪的眼神，我的脑子里就会有某个地方要短路，跳闸，然后再也没法正常地思

夏洛克·福尔摩斯

克瓦特

考，只会傻兮兮地笑着，忘了自己是谁：克瓦特，自夏洛克·福尔摩斯以后，最伟大的私家侦探之一，至少我最好的朋友奥尔佳是这么认为的。这其中的缘由她最清楚不过了。

另外，我的上一个案子也和一个女孩子有关，她的芳名叫蒂娜，就是因为她，事情差点弄得一团糟……这事让我从头道来。

事情是这样开始的，一次课间休息时，蒂娜来找我。当时我正坐在乒乓桌上，正准备集中脑力对付下节课的数学测验。

要是这次测验能考到 4 分[①] 我就满足了，都是那些杂七杂八的事搞得我这回又没时间复习。

---

① 德国记分制为 1 至 6 分，1 分为优，2 分为良，3 分为中，4 分为及格，5 分为不及格，6 分为差。

"嘿，你好。"蒂娜招呼道。她比我高一个年级，每当她从学校操场上经过时，大家都朝她看，连马蒂亚斯也不例外。可怜的马蒂亚斯有六个姐妹，可想而知，他是吃够了女孩子苦头的。

"哈，你……你好。"我结结巴巴地说。

"你就是克瓦特，对不对？"她问道。

我一边点点头，一边迅速地将一块卡本特牌口香糖塞到牙齿间。也许它可以帮我缓解一下这令人尴尬的结巴。

"那个大侦探。"她继续道。

"那……那个，大……大，对。"我更结巴了。

真要命，我的口吃越来越厉害！

"蒙面比尔跟我讲了你怎么帮助他和沃塔的事。"她说。

她认识那两位？那个没有鼻子的男人和他庞大的德国大丹犬是我上个案子的主角。

"啊哈。"我嘟囔着，这下至少不再结巴了。

"我很想多知道点你那些案子的事。"她一边说，一边用火辣辣的眼睛盯着我看。

这下我又不可救药地重蹈覆辙：脑袋瓜里的某处啪地一下跳了

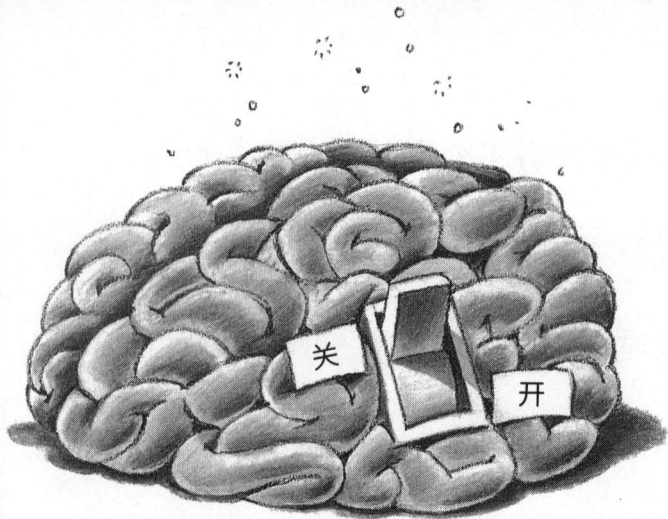

闸，思维猛地陷入了瘫痪状态。然后我说了一些话，要不是蒂娜热辣的目光，这些话是一辈子也不可能如此轻飘飘地就从我的嘴巴里跑出来的。

"我们可以约个时间碰头。"我建议道。

"真的吗？"她兴奋地叫起来，"今天下午怎么样？"

"行。"我努力地控制住自己的声音，使之不至于颤抖，"三点钟，在我家。"

"喂，克瓦特，"课间休息结束回教室时，马克斯对我说，"你和蒂娜——不可能！"

"我和她本来就没什么。"我咕噜道。

到了午饭时间，我也不饿，尽管今天有煎肉丸——我最喜欢吃的菜。

"你怎么了？"妈妈关心地问道，"你没有生病吧？"

我耸耸肩，也许真要怪那讨厌的数学测验。跟蒂娜说完话后，我看着那些数学符号，思想却再也集中不起来。幸好考试时，马克斯抄给我两道题的答案，得个4分应该没任何问题。

"你觉得我的头发怎么样？"我问妈妈。在回家的路上，我凑到一辆汽车的反光镜前照了照，觉得自己应该理个发了。

"你的头发？"妈妈反问道，"挺好的。"

"你说的是真的？"

"还有，科尔哈泽先生 ① 今天休息。"她说。

糟糕，偏偏是今天！要不然在蒂娜来之前我应该有足够的时间到我们的理发师那儿，把我的头发好好修整一番。

午饭后，我冲了个澡，把头发彻底洗了一下，然后翻找合适的衣服。可是我找不出一件中意的 T 恤衫，最后我挑了那件红色长袖马球衫。一般在特殊场合下我才会穿这件衣服。

"快把它脱下来，"当我走进客厅时，我妈生气地说，"这件衣服得留到圣诞夜时再穿。"

"有人上我们家找我。"我说。

"有人找你？谁？"

---

① 经常为克瓦特剪头发的理发师，参见《暗夜里的蓝色光头》《克瓦特探案集④：两个侦探的较量》)。

"一个女孩子。"我说。

"你班上的?"

我摇摇头:"她叫蒂娜。"

妈暧昧地笑起来:"啊呀,原来如此。"

"什么'原来如此'?"我粗声粗气地反诘
(jié)道,却感到脸上发起烧来。

"啊,没什么。"说完,妈带着暧昧的笑消
失在厨房里。

不就是换了一件衣服吗？这到底有什么值得大惊小怪的？要是我老盯着一件衣服穿，她又要发脾气！还是蒂娜上我家这件事让她觉得有劲了？还好，由于办案子，我已经和女孩子们打过足够多的交道，才使得她忍住了那套没意义的废话。

　　大人们有时真是搞不懂，真的！

　　三点过一刻，我刚收拾完房间，蒂娜就按

响了门铃。应该说，我并没有做到真正意义上的整理，要是那样的话得搭上圣诞节前的两个星期！我只是把那些乱七八糟的东西都塞到了床底下，剩下的全扔进了衣橱。一转眼我的房间看上去就像没人住过似的。

蒂娜穿了一件重金属风格的短衫，上面有个鬼怪的图案。她的头

发全梳到了前面，盖住了鼻子，一直搭到下巴处。我妈看到站在门口的这个女孩时，惊得一下子不知该说什么好。

"哈，你……你好。"她终于说道。简直令人难以相信，并不只有我才会被蒂娜弄得舌头打结。

"我叫蒂娜。"她一边说一边朝我妈伸出手去。

我妈这时已回过神来。"你们想喝点什么吗？"她问。

"好啊。"我还来不及说什么，蒂娜已回答。

"可乐还是芬达？"我妈问。

"芬达。"我说。

"可乐。"蒂娜说。

在接下来的几小时里，我给她讲述了我办过的那些案子。

她坐在那儿，瞪着大眼睛倾听我的讲述，

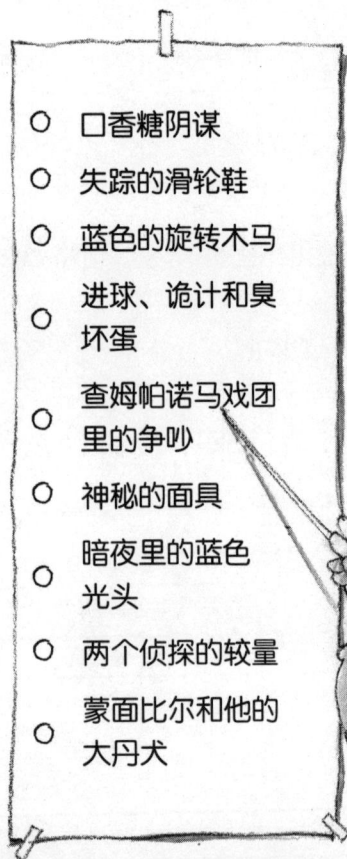

- ○ 口香糖阴谋
- ○ 失踪的滑轮鞋
- ○ 蓝色的旋转木马
- ○ 进球、诡计和臭坏蛋
- ○ 查姆帕诺马戏团里的争吵
- ○ 神秘的面具
- ○ 暗夜里的蓝色光头
- ○ 两个侦探的较量
- ○ 蒙面比尔和他的大丹犬

接连喝光了三罐可乐。这些叙述好像给她留下了很深的印象，换成我也会如此。有几次我递给她我的卡本特牌口香糖，可她拒绝了。她认为，口香糖并不是她钟爱的东西。

"嘿，克瓦特，"她跟我道别时说，"你过的日子真叫刺激。你明天也有空吗？"

我点点头。

"你想去我那儿吗？"她又问。

"好啊。"我的声音有点嘶哑。

"不过棒球帽不要戴了，好吗？"她说，"像你这样的侦探不应该戴这种东西。"

离圣诞节还有两个星期，所有的筹备工作就已经拉开了序幕。市中心到处矗（chù）立着装饰着彩灯的圣诞树，各购物中心从早到晚都播放着圣诞音乐，而我却几乎没有被这圣诞气氛所感染，差不多每天都和蒂娜碰面，有时在她家，有时在我家。我们一起聊天，讲笑话，或者在她的电脑上玩——可惜我还没有电脑。再不然我们就设计一些疑难案例，然后又一起破解它们。蒂娜是个好学的学生，在下一个案子中，我们两个准能成为无可匹敌的拍档。

对于我们两个如此频繁地碰面，妈妈并不反对。也许她指望，我交了新女友就会丧失对侦探事务的兴趣，而蒂娜和我恰恰盼望着能接

手一个真正的大案。她认为到目前为
止我所破的那些案子都只能算是些小
鱼，这于我是大材小用。这点她可说

得再对不过了。

某一天我带了

蒂娜去见奥尔佳。眼

下这天气到了晚上那

才叫冷啊，气温表

上的水银柱都快要穿底了。谁要是这时还敢去外面，就非得把自己裹得厚厚的，没人还有心思去观赏城里日夜亮着的圣诞彩灯。

"你好，奥尔佳。"我向我的老朋友问候道。她打着喷嚏，脖子上围了一条厚围巾。

"你好，克瓦特，"她声音沙哑地说，"我还以为你已经把我忘了呢。"

"这是蒂娜。"我向她介绍我的新女友。奥尔佳打量了她好一会儿，然后说了一句"原来如此……"，就没别的话了。

"请给我们两听可乐和四条巧克力棒。"我说。奥尔佳板起脸来。"可——乐?"她拉长声音说，"巧克力棒? 那你的卡本特呢? 你不想要几包？"

"口香糖？"蒂娜反问道，"巧克力棒可要酷得多。"

"酷……酷得多？"奥尔佳口吃起来。又有一个人被蒂娜弄得舌头失灵。"随你们吧，顾客就是上帝。"奥尔佳说着把可乐和巧克力棒从柜台上推了过来。蒂娜把钱递给她，奥尔佳皱着眉头接了过去。"你的棒球帽呢？"她又问我。

"我不喜欢它了。"我回答说。

"克瓦特，看来你不爱这些东西了，"她嘟囔道，"那你对案子还有一丁点兴趣吗？"

"当然，那还用说！"我叫道。

她上身探出柜台。"有个邻居的垃圾桶被炸飞了，"她小声说道，"离这儿有几条街远。上星期发生了好几起垃圾集装箱焚烧事件，你没看报纸吗？"

我摇摇头。老实说，我对报纸已经很久没兴趣了。

"怎么样？"奥尔佳问，"你接手这个案子吗？我的邻居给你双倍报酬。"

十包卡本特牌口香糖？这听起来不错。

我们正说到这儿，蒂娜插话进来："垃圾桶？真恶心！"

就其形象而言，蒂娜说得有理。为了取证，我免不了要长时间地趴在某些垃圾堆里挖掘线索。

"不，奥尔佳，谢了。"我说，"请转告你的邻居，我对垃圾没兴趣。"

"要是您这么认为，克瓦特先生，"奥尔佳唏嘘道，并摆出一副赶客的表情，"那我就祝你俩今天愉快！"

"你犯神经啊？"我叫道。

蒂娜拖着我离开了售货亭。"你跟那个傻老太婆讲什么呀？"她笑着说，"她的脑子不正常！"

我把蒂娜送回家后，在圣诞节集市的一个摊子上买了个浇满酸乳酪青瓜酱汁的烤土豆，刚咬了一口就烫得舌头像火烧着似的。奥尔佳

究竟是怎么回事？我俩不是一直都亲密无间的

吗？她现在的反应怎么让

人看不懂？就因为我

不想接手垃圾桶焚

烧案？

我把一杯可乐

倒进嘴里，才感觉

舌头差不多恢复正

常，不再烧了。天哪，这么多年来我怎么竟然

只喝鲜牛奶这种乏味的东西？！喝下最后一口

可乐时，我知道了奥尔佳行为反常的原因：这

位女士嫉妒了！因为我和蒂娜在一起！要知道

她不止一次说过，要是能领养我就好了。

可是我跟蒂娜在一

起的事，应该让她

感到高兴才对。

她现在从可乐和

巧克力棒上赚的

钱，要比从卡本特牌口香糖上赚的多得多。

这些暂且不管，我到底还是抑制不住对垃

圾桶焚烧事件的好奇心，一到家就把上两周的

报纸翻了出来（幸好我妈还未把它们送到废纸

集装箱处）。事实上，我发现总共发生了五起

垃圾桶或垃圾集装箱燃烧案。

谁会干这种无聊的事？这的

确勾起了我强烈的兴趣。不

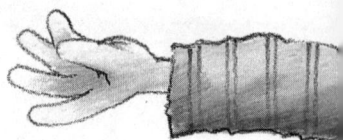

过蒂娜说得有理，燃烧的垃圾桶对

于像我这样侦破了蓝色光头案和口香糖阴谋案

的侦探来说，不合适。

　　妈妈夜里十点半从医院回来时，我还醒着，

脑子里总有东西翻腾个不停，让我无法入睡。

　　我曾经在一部黑白影片里看到，一个有名

的舞蹈家能在墙壁上行走，还能在天花板上跳

舞。当然他是用了特技，可我现在却认为，这

种翻天覆地的感觉不用特技也能做到。

　　当我走进厨房找我妈时，她被我吓了一跳。

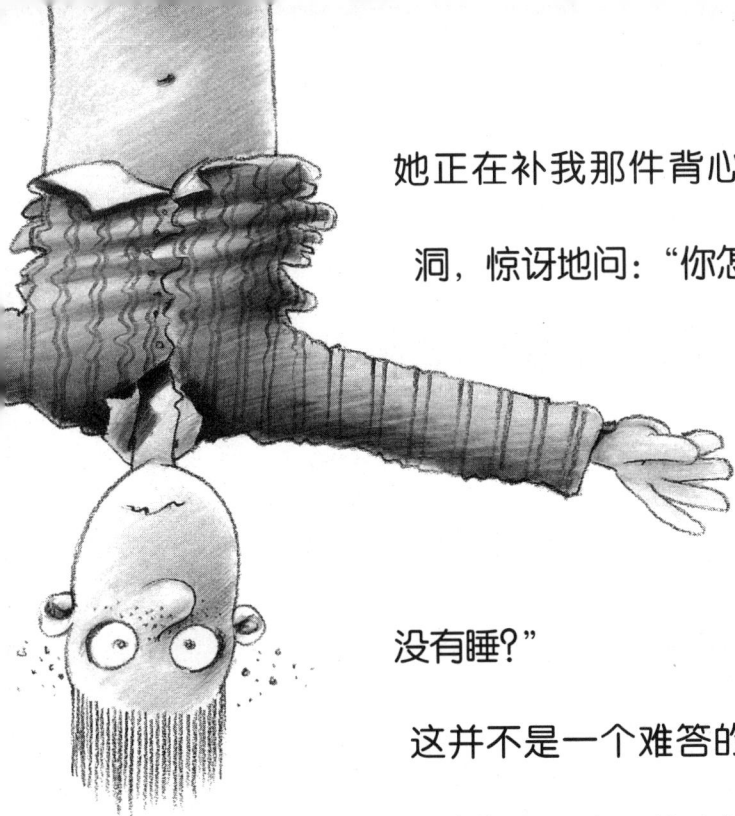

她正在补我那件背心上的洞，惊讶地问："你怎么还

没有睡？"

这并不是一个难答的智力题，可当我意识到自己的回答不妥时，已经太迟了。"脑子里太兴奋了。"我这么说。

她把眼镜搁到桌子上："你有新案子了？"

她想知道究竟——不管我是病了，考试得五分了，鼻子流血了，还是睡不着觉，她都猜想与一个新案子有关。

我摇摇头。"那是……"她犹豫了一下，"是因为蒂娜？"

"因为蒂娜？没有，妈妈，我跟她挺好的。"

"是不是什么东西吃坏了肚子？"她继续问道，"还是喝了什么不该喝的？"

我想起来了："嗯，对，我今天喝了可乐。"

"多少？"

"大概四罐。"我回答道。

我妈跳了起来。"四罐？"她大叫起来，脖子上顿时显出一块红斑，她每次一生气都会这样，"你疯了？怪不得睡不着，你准是咖啡因中毒了！"

"妈，不要那么夸张好不好？"我说。

妈妈重新坐下来："既然说到这儿，对了，今天我从冰箱里丢掉了六盒牛奶，全过期了。这是怎么回事？你不喝牛奶了？"

我耸耸肩。"与其放着它们不喝，不如我们少买些。"她说，"好吧，现在上床去。"

尽管数羊、数蛇、数鸭子又数猴，我还是在床上辗转反侧了几个小时。不知什么时候我从书桌上找到最后一包卡本特牌口香糖，抽出一片放到嘴里，这才帮我睡着了。巧克力也许能刺激我的脑细胞，可是想要入睡，无疑是口香糖更有效果！

$$9_3 + 1 = 94$$

我醒来的时候，感觉自己好像成了曾祖父赫尔穆特·克瓦特。他今年就要满94岁了，老是抱怨早上睡不醒、起不来。在盥（guàn）洗室里，我知道我不必朝镜子里看，等会儿我妈准会说，"你看上去像个鬼"。

果然如我所料。当我走进厨房，她看见我就叫道："你怎么成这个样子？"

我耸耸肩，从小餐篮里拿出一块面包，抹上外婆自制的果酱。妈妈亲了我一下。"我的小可怜，"她说，"下次再也不要喝那么多的可乐了，好吗？"

"你的棒球帽呢？"她给自己倒了一杯咖啡后，又问道，"你以前甚至连洗澡也舍不得脱下，现在怎么不喜欢它了？"

"对，"我怏怏不乐地说，"这种帽子是小孩子的玩意。"

"'小孩子的玩意'，原来是这样。"妈妈重复道，

"嗯，也是，我从来也没觉得它怎么好。"

这天早上我出门迟了，在路上我得连奔带跑，总算踩着上课铃声赶到了学校。天气很寒冷，我呼出的气都变成了白雾。我从不戴绒线帽，除非万不得已——比如，那次办蓝色光头案时——可如今我的棒球帽被说成"小孩子的玩意"，不然这会儿头上至少还有一顶帽子，就要好得多。

路上我经过两个烧毁的垃圾桶和一个废物箱。这个废物

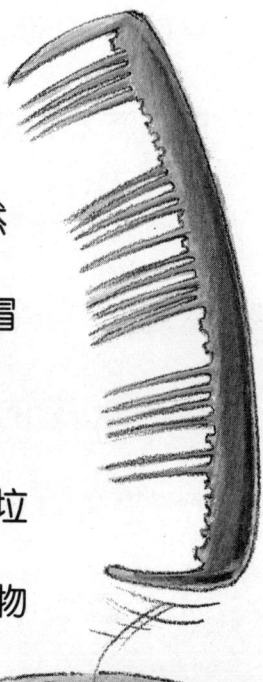

箱一定是不久前才烧坏的。作为一名侦探，我像往常那样捡起了几样东西：一个空火柴盒、一个变形了的闹钟、一支破圆珠笔、一把断了齿的梳子。然后，我把它们塞进了我的外套口袋。

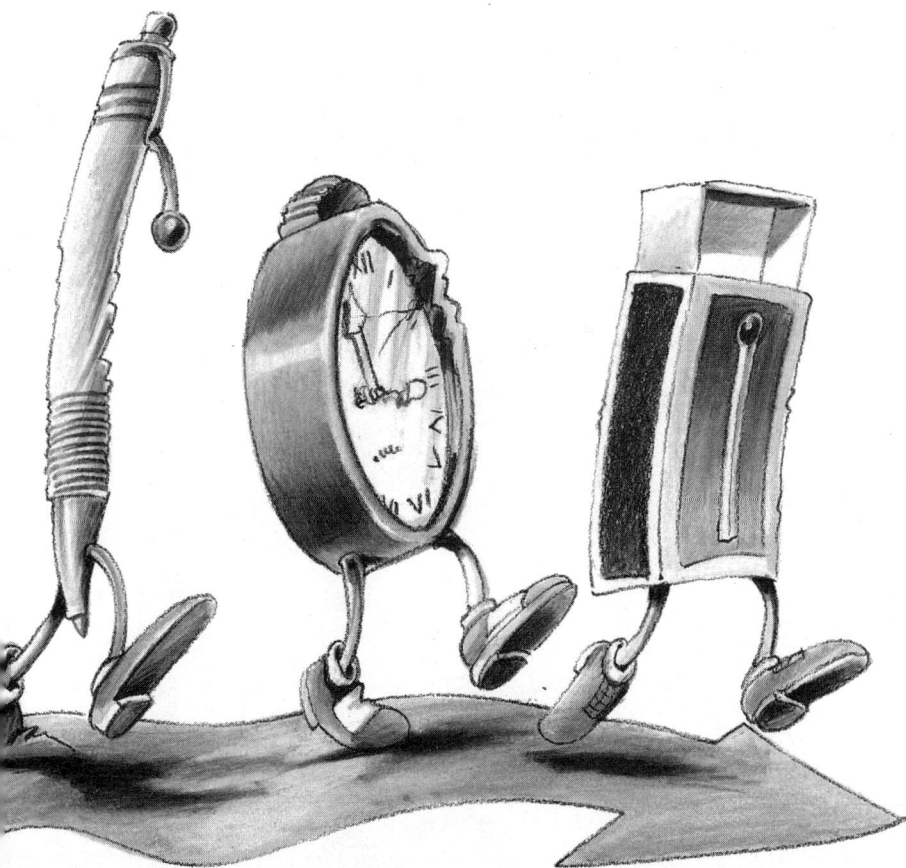

"你在这儿干吗？恶不恶心！"正在这节骨眼上，我听见身后响起一个声音，转身一看，是蒂娜。

"啊……啊……呐……"我结巴起来。该死，这毛病又犯了！"有人在这儿放过火，我想收集几样物证，也许派得上用场。"

离学校最后几百米的路上，我们一直没说

话。我感到不对劲，这情形是不是像吵架了？

男孩子们怎样吵架，我很清楚。两个人要么打

上一架，直到一个把另一个打倒在地；要么相

互对着尖叫，直到耳朵都快聋了。然后我们又

会和好如初。可是，如果是和女孩子，这架

该怎么吵？

　　"今天下午我们碰

头吗？"在我们即将分开去各自的教室前，我问道。

蒂娜耸耸肩："要是你喜欢的话。"声音却有些异常，好像很生我的气。

"我当然喜欢，"我说，"你上我家来？"

"好的，"蒂娜说，"不过到时，你得闻起来不臭了。"

我一时不知该说什么好："我……我臭……臭？"结果我又变得口吃了。蒂娜点点头："你闻上去像臭屎堆，克瓦特！"

这天早晨在学校里，我是半睡半醒地挨过去的。要说我的脑子里还想着点什么的话，那就是蒂娜那些小心眼的言行。

上第二节课时，发回了上次数学测验的卷子，我的卷子上被批了个 4 分。我妈可能对这个分数不以为然，可我却知足了。像我这样没花多少时间在学习上的人，能得个 4 分已经很像样了。

这天学校里只有三节课。放学后，我本想

尽快跑回家，把自己放倒在床上，然后一直睡

到蒂娜来。然而我还

是跑到一半停了下来。

我看到了一个人，他让我马上忘记了疲劳，抛开了我与蒂娜之间的烦心事。

在我们城里有两个男孩，那些不正经的事几乎每次都有他们的参与。其中一个绰号叫"蛇"，他就是上次在口香糖阴谋中被我缉拿归案的家伙；另一个外号叫"老鼠"，到目前为止，我跟他还没打过交道。但我知道他长什么

样，每个侦探都知道。奥尔佳有次就把他逮了个正着。那天大清早，他闯进奥尔佳的售货亭正准备卷走收银箱时，被奥尔佳当场抓获。

当时我的老朋友并没有报警，她就是下不了那个决心。但是她跟"老鼠"的父母谈了一次。奥尔佳后来告诉我，那家伙结果被软禁在家，一个月不许出门。从那次以后，她再也没见过他。而眼下这位老兄正站在离我不到二十米远的车站旁，守着一个废物箱，不知在忙些什么！当他抬头往上瞧时，看上去还真像只老鼠。他的两个眼睛靠得很近，两片嘴唇几乎盖不住他的大门牙，乱糟糟的棕色头发难看极了，两只通红的大耳朵惹人注目。也许这小子和我一样，冻得够呛。

"老鼠"似乎认出了我，他犹豫了一下，然后闪电般地跳上自行车，消失在下个街区里。就算不是侦探，这下也能嗅得出，事情有点蹊跷。

果然，废物箱上贴着一张纸条，有人在上面写着：

字的下面还画着由六管炸药绑在一起组成

的炸弹。我小心地撕下纸条，把它和其他证据一起，塞进了我的外衣口袋里。

我敢闭着眼睛打赌，这准是"老鼠"写的。

那些垃圾桶和垃圾集装箱的袭击案也一定是他一手炮制的。

"孩子们，明天要震一震！"这家伙计划明天搞一个大袭击？

什么时候？我怎样才能阻止他？

当这些问题在我的脑子里直翻腾时，我感到越来越兴奋。我突然发现，我的脑子现在变得有多么愚钝。以前我总是为自己感到骄傲，因为我的脑袋瓜比城里其他侦探的转得要快。可现在……这得怪那该死的可乐，还有那么多的巧克力条，让我吃成了一个没牙齿的老虎。

天哪，我怎么成了那样一个傻瓜，为了蒂娜，

心甘情愿地抛弃了牛奶和口香糖！现在我需要

这两样东西，而且马上就要！我一做出这个决

定，就直奔奥尔

佳那里。

咋（这）样哈（还）有横（什）么落（乐）趣！

之前我对她

说不上很好，可

她是个宽宏大度

的人，肯定不会

记着我的错。然

而刚开始，她好

像并没忘记几天

127

前我们之间发生过的不愉快。

"有何贵干啊，克瓦特先生？"她问道。她
的脖子上好像缠了三四条围巾，看不出确切的
条数。

"我要五包卡本特牌口香糖。"我不去理会
她的挖苦。她把五包口香糖从柜台上推给我。

"你这儿也有鲜牛奶吗？"我问。

她点点头。

"请给我倒一大杯满的。"我说。

奥尔佳吃惊地扬起了眉头。"你病了，克
瓦特？"她问，"不喝可乐了？不要好吃的巧克
力条了？"

"你尽管拿我取笑好了。"我嘀咕道，"但

今天不行，奥尔佳，今天你得打住。"

她把牛奶放在柜台上，说："算我请客。"

"谢了，奥尔佳，你还记得

'老鼠'这个人吗？"

"'老鼠'？"她想了一会儿，"不就是那个想偷我收银箱的小青年吗？"

"就是他。"我回答，"也许你知道，他的真名叫什么。"

"不知道。"奥尔佳说。她又给我倒了一杯牛奶。真是太妙了，每喝一口，我的脑子就变得更清晰一点。

"也许你至少能想起来，那家伙住哪里？"我继续问道。

奥尔佳遗憾地摇摇头："唉，那件事已经过去好长时间了，另外我的记性也差。"

"啊，哈！"我只能这样应道。如果还有谁算得上记性好的话，那应该就是奥尔佳，她背得出她所有老顾客的生日!

"'老鼠'怎么了?"她的好奇心又来了,"这家伙又动什么坏脑筋了?"

"似乎的确如此,"我回答说,"不过到目前为止我还没有证据。他那次到底是怎样闯进你的售货亭的?"

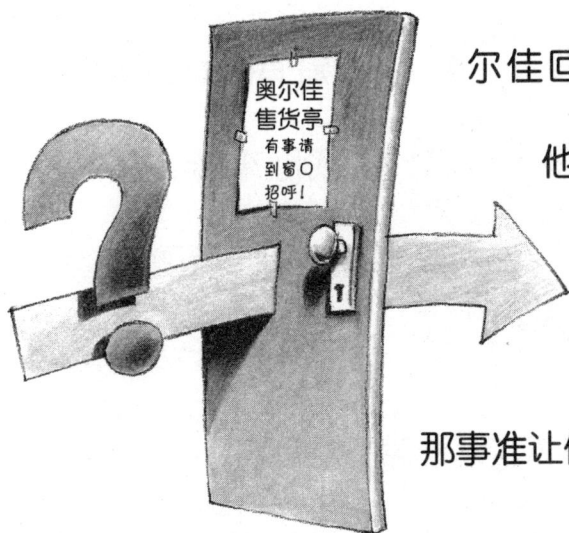

"他把锁炸了,"奥尔佳回忆道,"为此他的父母不得不赔给我做新门的钱。那事准让他们很气恼。"

奥尔佳
售货亭
有事请
到窗口
招呼!

"炸锁?"我说,"这下对上号了。"

"你说什么,克瓦特?"

"噢,没什么,"我说,"要是你想起和'老鼠'有关的任何事,一定得告诉我,好吗?"她从柜台探出身子,轻轻地抚了抚我的面颊。我一般是不让人这么做的,但这次我没有阻止,毕竟我和奥尔佳之间刚刚才总算和解了。

"那个女孩怎么样?"我跟奥尔佳道别时,她问道。

"哪个女孩?"我反问她。

"哼，就是那个叫我傻老太婆的小妞。"

要命！奥尔佳不单记性极好，耳朵也灵得简直没话说。

"蒂娜？她什么怎么样？"

奥尔佳把两只手插到腰上："我也许不仅傻，有时还很疯，但我远不至于蠢。我敢打赌，克瓦特，那个女孩有些不对劲！"

"瞎说什么呀，"我抗议道，"你只是嫉妒罢了!"

奥尔佳吸了一口气。"嫉妒? 我嫉妒她?"她声音嘶哑地说，"真是天大的笑话!"

我嬉笑着把一片无与伦比的卡本特牌口香糖塞进嘴里。"再见，奥尔佳，"我说，"我得走了。"

然而，长久以来第一次没听见她在我身后送出一句"再见，我的甜心"，也许我说她嫉妒的那番话是点到了要害。

从售货亭回家的路上，我的思路好像重新

上了轨道。一升鲜牛奶和两片口香糖足以使我的头脑充满电力，重新最有效地运转起来。我发誓，今后再也不碰可乐和巧克力了。

这天妈妈在医院值夜班，家里只剩蒂娜和我两个人。要是等会儿我俩之间发生什么争吵，也只有我的小豚鼠能听到。

喝完妈妈在电炉灶上为我温着的土豆汤后，我走进自己的房间，将外衣口袋里的东西倒了出来。

我把破木梳扔进废纸篓，把其他的物证依次排在书桌上：首先是圆珠笔，接着是那张写着"孩子们，明天要震一震！"的恐吓纸条，再就是摔瘪的闹钟，然后是空火柴盒，最后还有一张纸条，我在上面用红色水笔画了一个爆炸的图案。

这条物证链把事情说得再清楚不过了。

"老鼠"为什么要这么干？明天他又要炸哪里？难道之前那些垃圾桶爆炸案只是一场大爆炸的热身预演？我如何才能阻止这可怕事件的发生？

我又取出一块卡本特牌口香糖塞到牙齿间，然后躺到我的床上闭起了眼睛，如此才能使我进入思考问题的最佳状态。我的眼前立刻出现了蒂娜的身影，在看到我把那些证据塞进口袋后，她的一系列表情极为反常。

这个学校里最漂亮的女孩子，她总是想让我成为一个尽人皆知的名侦探，不但在电视上

接受各种访谈，而且第二天就会被报纸跟踪报道。她说，人们总有一天会叫我"超级侦探克瓦特"的。我几乎相信了她的话。有没有可能，她和'老鼠'之间存在某种关系？说不定他们是一伙的？

她是来引开我的注意力，好让那小子顺利地完成作案前的准备工作？还是说，她在跟我玩一个游戏，就像口香糖阴谋案中"蛇"和科蕾特所做的那样？哼，我会搞清楚的。这个中午我自然一秒钟也没有睡着，我的脑子太兴奋了。

门铃响起来的时候，我感到自己回到了最佳状态，我那捕捉猎物的本性又觉醒了，我又成了原来的我。蒂娜在前厅脱下厚靴，穿着红白横条的袜子走进我的房间，扑通一屁股坐下，整个人陷进了座袋里。这个座袋是上次过生日时外婆送给我的。

"外面冷得要死。"她一边说着，一边不停地往冻得通红的手里吹气。

"你想喝点什么吗？"我问。

"当然！"她回答说。

"牛奶？"我问。

"牛奶？"她的脸变了颜色，"你这儿没可乐了？"我摇摇头，从厨房里取来了牛奶，又向她递过去一包卡本特，"你也来一片？"

她的眼睛里突然掠过一丝警觉，问道："怎么回事？"我把一片口香糖塞进嘴里。

"没什么，"我说，"我只是发觉，卡本特和牛奶更能帮助我思考，而可乐和巧克力条只能让我变愚蠢。"

"哈哈，'愚蠢'。"蒂娜嗤之以鼻地说。

沉默了几分钟后，我问道："你对'老鼠'这两个字有什么要说的吗？"

"'老鼠'？"她反问道，"你是指那个秃耳

朵、尾巴又臭又长的啮齿类动物?"

"不,我不是指那个。"我回答。

她指着我桌上的那些证据说:"也许你的问题跟垃圾有关?"

好家伙,看来蒂娜还真是块难啃的硬骨头!她可不会轻易就范的。我决定跟她打开天窗说亮话。

"我觉得是一个自称'老鼠'的男孩子,策划了那些垃圾桶爆炸案。"我说。

蒂娜一脸嘲讽地看着我:"你的奥尔佳到底又把你争取过去了。"

我摇摇头:"这跟奥尔佳没有关系,我只是对这个案子有兴趣。"

"一个人怎么可以这样滥用他的天才?"她低声说道。

"你究竟认不认识'老鼠'?"我不理会她的责难,继续问道。

蒂娜站起来。"那些芝麻绿豆的小案子还真就让你满足了啊,克瓦特。"她轻蔑地说,"像老鼠那样钻到垃圾堆里去刨吧,想刨多少就刨多少。你的奥尔佳准会乐意帮你的忙。"

随后她走了。我听见她跺着脚步走过前厅,随后砰的一声关上房门。此后,屋里一片寂静。

而我呢?我的思路没有丝毫的进展。蒂娜和"老鼠"究竟是不是一伙的?她真的只是对我感到失望,还是连这场与我的争执都是"老鼠"

阴谋策划中的一部分？不管怎么说，我们的友情

算是完蛋了，对于这点我是百分百地确定。

要问我对此是否介意，老实说，我不知

道。不过有一点是毫无疑问的，那就是曾经与

蒂娜共同度过的下午时光是美好的。

再说她长得太漂亮了，马克斯和其他男孩

对我嫉妒得要命。然而现在，蒂娜对于我来说

却是个案件嫌疑人。《私家侦探基本守则》里说，和可疑的人应该保持距离，对有嫌疑的女孩也一样……现在，无论如何不能再浪费时间了。这起案子比较严重，我一个人可能解决不了，得求助于警察。如果在这起案子中有人受伤或者有更严重的后果发生，我不想由我来承担责任。

在去警察总局的路上下起了雪，幸好我戴着棒球帽。我怎么会那么长一段时间把这宝贝丢到一边呀？一直以来它总是在任何气候下都忠诚地保护着我的脑袋瓜，让它处于最佳的运转温度。

到了警察局的接待室，马上就有一个警察接待了我。"什么事？"他问我，"今天是哪条狗闯祸了？”

“跟狗根本不搭界，”我回答说，“最近城里发生了一连串的垃圾桶焚烧事件，是不是？”他点点头。“我知道这是谁干的。”我继续说，并把那些证据放在他的面前。

“‘孩子们，明天要震一震’，”警察读着字条上的内容，声音提高了半度，“竟有人想得出这种事！”

他翻开一个大笔记本。“好吧，孩子，你认为谁是嫌疑人？”

“‘老鼠’。”我说。

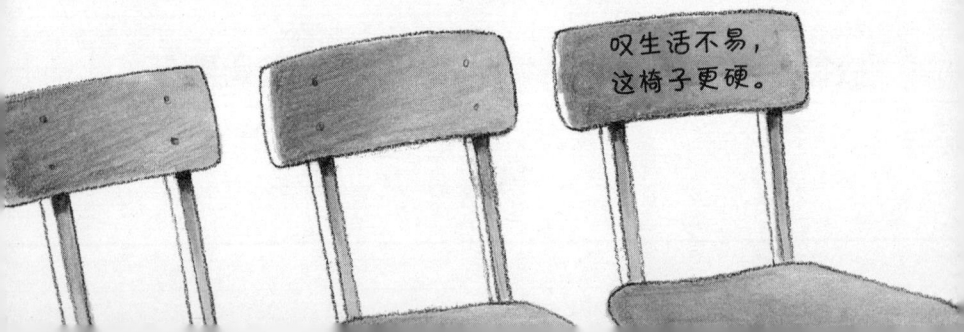

叹生活不易，
这椅子更硬。

"'老鼠'，啊哈，他的真名叫什么?"

"我不知道，不过……"

警察啪地一下合上了笔记本。"哈，原来你并不认识他。"他打断我的话，"我猜你也不知道'老鼠'住在哪里，对不对?"

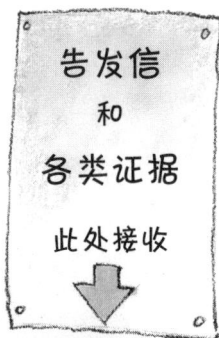

告发信
和
各类证据
此处接收
↓

通缉
贝特·布雷希尔

已逮捕:
奥姆·施穆勒

"是这样，不过……"

"没有不过！"那位警察吼道，"我还有更重要的事要做，没时间来玩警察抓小偷的游戏。"

"但是……"我卷起那些证据，在它们重新回到我的外衣口袋之前，我想再争取一下。

"滚出去！"那位警察吼道。

唉，今天真是倒霉透顶！先是跟蒂娜发生了不愉快，现在又被警察赶出了门。

警察们就是不把小孩当回事，这种事我经历多了。

　　每当案子进展不下去的时候，我总是去找奥尔佳，这次也不例外。毕竟她认识许多人，而且对我们这块地区所发生的一切几乎无所不知。我信得过她，她准能给我出个好点子。

售货亭卖货的窗口已关闭，远远望去，好像奥尔佳已经回家了。可是透过雾气蒙蒙的玻璃窗，依稀能看见小房子里的蜡烛光，以及电烤箱里的加热管正烧得通红。我绕到售货亭的后门处，敲起门来。

"哈，是你啊，克瓦特。"奥尔佳招呼我，"快进来，你看上去真是冻坏了。"

我坐到两个倒扣着叠起来的矿泉水塑料箱上，取下了围巾。柜台上放着一个插了四根红蜡烛的降临节 ① 花环。旧烤箱发出巨大噪音，像正要起飞的喷气式飞机。

"生意怎么样？"为了盖过噪音，我得喊着

---

① 降临节：自圣诞节前四个星期的星期日起，至圣诞节止。

说话。

"生意?"奥尔佳笑道,"这样的大冷天根本没生意,哪还有人敢出家门?怎么了?你要不要来一杯野蔷薇果茶?我刚泡了些。"

我点点头。虽然我并不喜欢喝野蔷薇果茶,但眼下也顾不得喝进肚子里的是什么,只要是热的就行。

"'老鼠'的事有没有进展?"奥尔佳一边问,一边给我倒上茶。

"一点进展也没有。我还被赶出了警察局。"我给她讲了我的遭遇,但跟蒂娜吵架的事我却闭口不谈。

我说完后,只听奥尔佳很响地抽了一下鼻

子。"'孩子们，明天要震一震！'"她说，"这听起来不妙，克瓦特，一点都不妙。"

"是的，"我赞同地说，"也许你有什么主意？"

"你不可能对城里的每个垃圾箱进行监视，"她说，"不然你至少需要一千个人。"

"我找不到那么多人！"我大叫道，那烤箱的轰鸣声大得像飞机要着陆，"根本办不到！"

奥尔佳从杯子里喝了一大口茶。突然，她的脸上露出了狡黠的表情。她说："那你就得虚张声势，克瓦特。"

"虚张声势？"我问。

"对，让'老鼠'以为，所有的垃圾箱和垃圾桶都受到了监视。"奥尔佳回答说。

"那怎样才能做到这一点呢？"我又问。

她耸耸肩："侦探是你还是我？"

我们两个都深深地陷入了沉默。外面的雪

越积越厚，售货亭的表面也积上了一层又一层的雪。突然间我灵机一动，我终于知道该怎么办了。

当我跟奥尔佳说了我的计划后，她简直忍不住想亲我一顿。"太棒了，克瓦特！"她的尖叫声穿透了烤箱的加热管，"你果然是最棒的！"

"我明天开车陪你到处转一圈。"我跟她道别时，她说。

"那你的售货亭怎么办？"我问。

"关掉，"奥尔佳回答说，"你是第一位。"

"你真是太好了，奥尔佳。"我重新围上围巾说，"如果没有你的指点，我肯定不知道怎样才能阻止'老鼠'。"

"哎，克瓦特，"她叹了一口气，"亲我一下，就算是你送我的礼物。"我满足了她的愿望，毕竟圣诞节马上就要到了。

第二天是星期六。这正好，因为如果是上学日的话，我的计划就没法实施了。

妈妈今天值早班，因此五点刚过就出了家门。我妈是护士，这对一个侦探来说，真是最

合适不过的了。

六点钟，我准时赶到奥尔佳那里。昨晚我在写字台旁一直干到半夜，做好了所有的准备工作。照说现在我该困得不行，然而我却兴奋得没半点倦意，就像搭上了弦的弓箭。

奥尔佳已经在那儿等我了。她在售货窗外挂了块写着"暂时关闭"的牌子，又把一个装满野蔷薇果茶的大暖水瓶抱进了她那辆老奔驰车里，塞在驾驶座的后面。

然后我们就上路了。我坐在后排座椅上，膝盖上放着一沓手写纸字条，每张的上面都写着：

老鼠！
你正受到监视！！

真是该有一台计算机啊！这些字条写得我手指发痛。

街上覆盖着一层薄薄的雪，几乎很少有其他车子开过。如果"老鼠"已把他写在纸条上的恐吓变成事实的话，那么现在不可能这样安静。三个小时后，我把我的警告贴到了城里所有的废物箱、垃圾桶和垃圾集装箱旁。我特别在火车站、电影院、邮局总部、步行区和公共汽车站附近多贴了些。而公园里的那些废物箱我没去管。"老鼠"应该相当清楚，要是在那儿搞爆炸，他威胁不到什么人。现在户外是零下十四度，谁会冒着这般酷寒到公园里去散步？！

直到傍晚，一切还都是静悄悄的。看来我的策略奏效了。

"老鼠"显然不敢把他

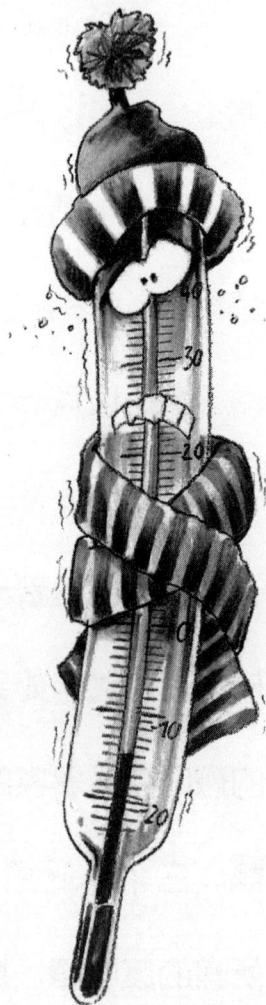

的恐吓付诸行动。不过，今天还未结束。另外，如果"老鼠"的目标并不是那些废物箱或垃圾桶，或者他根本没有看到我的警告，那该怎么办？

七点钟时，我开始怀疑自己找错了方向。尽管说不出具体错在哪里，但是我的侦探经验告诉我，我忽略了某样重要的东西。

离午夜还有五个钟头，对"老鼠"来说，他还有足够的时间在某处搞爆炸，而我却没法阻止他。

由于一时半刻想不出更好的主意，我决定躺到浴缸里。妈妈特意在水里弄了很多泡沫，然后去了客厅。她知道我思考问题的时候，更愿意独处。

"克瓦特，"我闭上眼睛，对自己说，"保持镇定，冷静思考每一步。"

首先，城里各处都有垃圾桶或垃圾箱焚烧事件发生，某一天也烧到了奥尔佳的邻居那儿。后来，我就看到了那个曾经闯入奥尔佳售货亭的"老鼠"在废物箱上贴字条。奥尔佳和"老鼠"，这两人的名字在我的脑子里打着转……哇，感谢老天，原来如此！

我猛地跳出浴缸，带出的水差不多要淹了半个浴室。我湿淋淋地光着身子跑进自己的房

间，从桌子的抽屉里取

出城市地图，在所有垃

圾桶焚烧过的地方都标

上了一面小旗。正像我

担心的那样，这些小旗连起来成了

一个螺旋状，它的终点直指——奥尔佳的售货亭。我的天哪，我多愚蠢！我早该想到这一点！我看了一眼闹钟，七点半，半个小时后奥

尔佳的小店就要关门。时间紧迫，可怕的
事每秒钟都有可能发生。

600!

—550

—500

—450

—400

—350

—300

—250

—200

—150

—100

—50

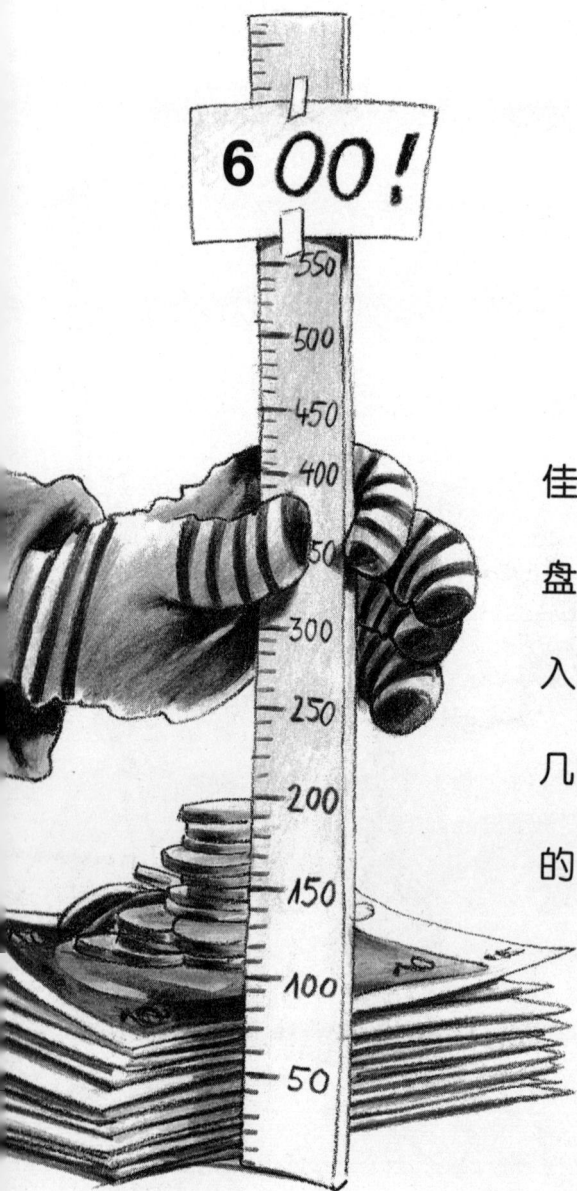

我赶到奥尔佳那儿时，她正在盘点当天的营业收入。她的面前除了几张纸币外，剩下的是一大堆硬币。

"一百八十马克，"她叹口气道，"这点

钱让我站了九个钟头，脚痛得都要支撑不住了。"

我想要是还有时间的话，我一定宽慰她几句。

"你吃得准吗？"当我把我的猜测讲给她听后，她问道。她那个总是冻得通红发亮的鼻尖，突然变得像刚落下的雪一样发白。

"你真的吃准了，克瓦特？"

"到目前为止，只能说是怀疑，奥尔佳。"我回答，"但我们要查个水落石出！走，你得帮我。"

在接下来的半个小时，我们把每个雪茄烟盒都翻过来，每个酒瓶后面和啤酒箱下面都一一查看，把放香烟的货架清理了一遍，还检查了摆放报纸杂志的架子，连堆放袋装薯片的货架、放棒棒糖的瓶子都没放过。最后，还把售货亭周围也检查了一遍。

毫无收获！我们找不到任何炸弹或可燃物的痕迹。奥尔佳坐到售货亭里唯一的凳子上，一边喘着粗气，一边擦着额头上的汗。"警报出错，克瓦特。"她说。

"看起来是这样。"我嘀咕着。尽管如此，我的脑子里始终有一种感觉挥之不去，那就是我们搜查得还不够彻底。

这时，奥尔佳打开一瓶汽水，倒在两个玻璃杯里。"干杯，克瓦特，"她说，"再顶尖的侦探也难免有搞错的时候。"

"真是不可思议。"我声音嘶哑地说道，然

后仰起脖子一口气喝空了杯子。当我猛一抬头时，我正巧看到在墙壁和天花板的交角处，有一个小包裹被棕色的胶带粘在那里。可能是由于灯泡的光线照不到那里，我们刚才忽略了这个角落。

刚才搜查时，这个粘在角落里的东西随时都有可能爆炸，而我们却没有想到应该立刻逃离售货亭，真是太轻率了。

"奥……奥……奥尔佳，"我口吃起来，惊慌

地说，"看……快看呀！"

她看向我的视线。"哦，天哪！"她尖叫起来，拉着我就往外跑。我们蹲在街道对面的一处灌木丛后的雪地里，双手捂住耳朵，等着它爆炸。然而什么也没有发生。天又下起雪来，而售货亭却一直立在街灯里完好无损。

"现在该怎么办？"奥尔佳声音发抖地问我，"我们该怎么办，克瓦特？去年秋天

我让人给售货亭里外刚上过新漆，柜台也是新的！"

我没说话。当然我们可以报警，他们肯定会派一个专门用在这种情形下的机器警察来，然后遥控它，把它摇摇摆摆地开进售货亭去引爆炸弹，当然小房子也会跟着飞上天。

要是警察来晚了一步呢，售货亭也会被炸得粉身碎骨。

"我们该怎么办，克瓦特？"奥尔佳又问道，"你说话呀！"

我还是没有回答她，却将两片卡本特牌口香糖塞进了嘴里。碰到棘手的案子时，我需要加倍的能量。

到目前为止，那些袭击案还没有伤着人。

我想这次"老鼠"也不会冒险。也许他监视过

奥尔佳，知道她什么时候回家，而且他也一定

很清楚，她有时会待得更久一点。我猜想他设

置过引爆装置，以此确保奥尔佳不在售货亭的时候才会启动爆炸，因此晚上十点之前，它不会爆炸。我看了下手表，此时是八点半。

"我去把那东西取下来。"我强装镇静地说。

奥尔佳惊愕地盯着我看。"哦，不，我亲爱的，你可不要这样干。等你到了售货亭，炸弹会爆炸的。"

我跟她讲了我所想到的一切。

"你认为，如果我们不采取行动，售货亭就得毁掉？"我说完后，她问。

"是的，"我说，"我觉得是这样。"

奥尔佳站起身来。"那好吧，克瓦特。"她说，"你待在这儿，我去。"她用手蒙住我的嘴巴，"不要跟我争，听见没有？"她英勇无比地向售货亭走去，身影消失在里面。透过柜台上方的玻璃窗户，我看到她慌慌张张地爬上小凳子，没多久又爬了下来。一秒钟后，她跑出售货亭，

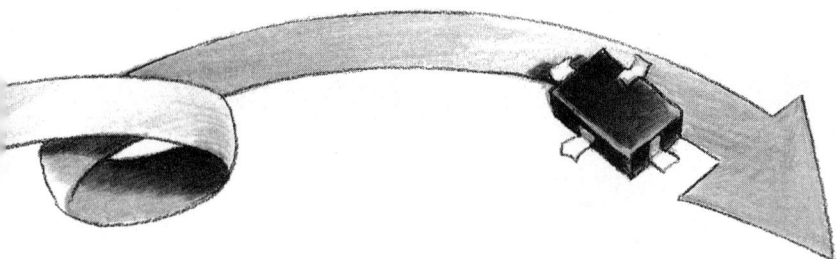

手里扔出一样东西，然后趴到了雪地上。

可是那东西没有爆炸。几分钟后，奥尔佳爬

起来，拍了拍身上的雪，叫道："过来，克瓦特！"

"炸弹呢？"我也叫道。

奥尔佳笑出声来，问："什么炸弹？"

我跑到她那儿。在离她不远处的雪地上躺

着一个没有盖子的木盒，里面是空的，不，并

不完全是空的，有人在盒底贴了一条老鼠的

尾巴。奥尔佳摇着头说："真恶心！"

"这是'老鼠'搞的恶作剧。"我说。

奥尔佳点点头。"可是盒子为什么是空的？"她问，"那次我抓到他时，他对我恨得不得了。他为什么没有放真的炸弹呢？"

我耸耸肩。"不知道，奥尔佳。"我说，"也许他只是想吓唬你一下。"

"哎呀，这下他倒是真的达到目的了。"奥尔佳说着把我揽进怀里。我第一次感到她的拥抱是种享受，此刻没有比把头靠在她的肩膀上更美妙的事了。"我开车送你回家，克瓦特。"她说。虽然这儿离我家不远，但我还是谢着接受了她的提议。我的两个膝盖已经软得直哆嗦，实在迈不开步子了。

我们坐进她的老奔驰车里，车子小心地驶在结了冰的街上。我说："奥尔佳，你简直英勇无比。"

她笑起来："我害怕得都要尿裤子了，克瓦特。"

"真的？"

"真的。"

"那你为什么要那样干呢？"我想知道。

"我不想让人把我的售货亭炸上天。"她坚定地说，"不管是'老鼠'还是机器警察，都休想。"

7   圣诞心愿：

一个职业
侦探包（像这样的） →

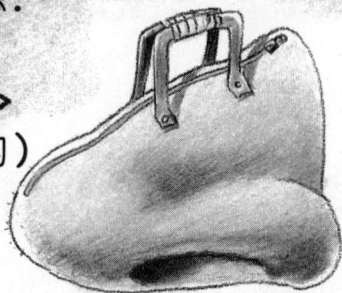

几天后，我们终于迎来了圣诞假期。我许愿在这个圣诞节能得到一辆山地自行车和一个职业侦探包作为礼物。这种侦探包配备了从取指纹薄膜到隐形墨水，包含了一个侦探破案需要的所有工具。像往年一样，随着圣诞节的临近，我一天比一天兴奋，因此很少再想起"老鼠"的事。当然我很想知道，他是怎样悄无声息地闯入奥尔佳的售货亭；我也很感兴趣，他为什么乐意搞那样的恶作剧。不过眼下我更期待着我的圣诞礼物。我打算好了，圣诞过后再追查"老鼠"。

圣诞夜这晚，妈妈从未弄得像今年这般神秘。直到六点整，她才出现在客厅。六点过一刻，她才允许我打开礼物。在这之前她讲了圣诞故事，还唠叨了些无用的废话。

我在一个红色的床罩下，发现了山地车，它配有 24 级变速器和全套避震器！这比我梦寐以求的还好，我妈一定为此掏空了钱袋。我开心得使劲地亲她，亲得她都快透不过气来

了。职业侦探包也躺在我的圣诞树下，虽然没有我希望的那么大，但作为我的第一个，它已足够了。我送给妈妈一本关于制作比萨和面食的烹饪书，还有一本侦探小说。尽管她一点也不喜欢我的侦探工作，但她喜欢看侦探小说。就像我曾经说过的那样，大人有时真让人搞不懂……

最后她把一个包裹塞到我的手里。

"这是邮局今天早上送来的。"她说，"上面没写谁送的，我猜准是你爸爸寄来的。"

我爸几年前离家出走了，从那以后我再也没见过他。只有在我过生日的时候他会打个电话，或寄来某样玩具，不过每次我都派不上用场。到目前为止的圣诞节，他还从未想到过我。想到这里，我还是有点高兴，毕竟他这次想到我了。

从包装上看，我的爸爸显得很笨拙，他用掉了半卷胶带和一大捆绳子。等我终于把它们都清除干净后，撕开礼物纸，打开了盒子……

接下来的一切，似乎都在一瞬间同时发生，

至少我感觉是

那样的。我手里的小

包裹突然发出类似于

"轰"或"砰"

的响声，同

时包裹里的

东西直飞向天花板。这一刻我妈

扑到了沙发后面，我一躬身钻到客厅的

桌子下，慌乱中太阳穴旁还撞了个大包。

等我再睁开眼时，房间里变了样。地毯

上、我的衬衫上、电视机上……到处都是五彩

纸屑，红的、绿的、黄的，还有蓝的，仿佛房

间里飞满了无数彩色的雪花。

我从桌子底下爬出来。"没事了。"我对妈

妈说。

她心有余悸地从沙发背后看着眼前这一切。她那刚请科尔哈泽先生做的、价格不菲的时髦电烫发上，此时落满了一层又一层的五彩纸屑。

"这到底是怎么回事？"她小声地问道，又跟了一句，"看看这儿，究竟成了什么样！"我搜寻着包裹的剩余部分，最后发现它掉到了电视机上方的台灯罩里。里面还有一张小字条，被人用塑料薄膜包着。我把它取出来并展开。"听着，"我对妈妈说，"上面写着：'节日快乐！圣诞老人。'"

"这不可能是你爸爸干的，他还不至于这么疯癫。"妈妈一边说着，一边气恼地抖着头上的五彩纸屑。

"不是爸爸，是'老鼠'干的。"说完，我把纸条下方画着的一条老鼠尾巴指给她看，然后给她讲了那些爆炸案和发生在奥尔佳售货亭里的炸弹恶作剧。

也许这算不上圣诞夜的最佳话题，但我觉得，妈妈应该知道这一切。

在我讲完后，她深深地吁了一口气："这真是捉弄

人！差点吓死我了！"

此时，飘舞在空中的五彩纸屑已全部落到

了地上。我对刚才发生的事在某种程度上并不感到生气，反而觉得这家伙真有点幽默感。在这点上我倒要嫉妒他了。

"还好没发生什么事。"我试图安慰妈妈。

"没发生什么?"她叫道，"你看看这房间! 我新做的头发也被糟蹋了!"我从储藏室里拿出吸尘器，半个小时后，一切又恢复了原样。然后我们坐下来吃奶酪火锅。尽管受了一场惊吓，但我们还是吃得有滋有味，甚至觉得从未这么好吃过。

很快又迎来了新年夜。今年我和妈妈准备

好好地放一回鞭炮。在离新年夜两天之前，我们去售货亭买爆竹。从蓝焰烟火、叫青蛙，到轰击炮，很快我们都一一买齐了。妈妈还要买睫毛膏，于是我走开去看花样贴纸册。

突然有人拍我的肩膀，我以为是妈妈，等我转过身却惊得我差点噎住。站在我面前的居然是"老鼠"。他的肩上搭着一个购物袋，里面露出几根火箭炮。

"嘿，圣诞节过得还好吧，克瓦特？"他怪笑道。

"哈，"我正色道，"花了我们好几个小时，才把房间里的那些讨厌的五彩纸屑清理干净。"我指着脑门上的肿块说："这都怪你。"

"对不起。""老鼠"说，却依然怪笑不止。

"不要再干那些乌七八糟的事了。"我正经

地说，"想想吧，要是哪次伤着了人！"

"你是指垃圾桶的

事?" 他 问，

"哈，我对那

些玩法已经没

兴趣了。"

"那 之 前

的一切到底为

了啥?"

"老 鼠"

笑起来："我

有个叫'蛇'的朋友，你准认识他。他跟我说，你是城里最优秀的侦探。因此我想验证一下，是不是这么回事。"

"结果呢？"

"你是好样的，克瓦特！不过，游戏还没结束。""老鼠"说，"这一点我向你保证。"

"好啊，"我装出最潇洒的样子，"我们再来一局。还有——蒂娜跟这事有什么关系吗？"

"蒂娜？""老鼠"反问道，"我不认识。"

我挺想跟他多聊一会儿，毕竟他是我遇到的智商最高的对手。跟他比起来，"蛇"简直就是个蠢蛋。可是很不巧，这时我妈叫我了。

我想要是把"老鼠"介绍给她认识，肯定不会

有好结果。

可直到现在我还是不确定，"老鼠"和蒂

娜到底是不是一伙的。尽管这种组合不是没有

可能——如此漂亮的小姐和这般丑陋的家伙，

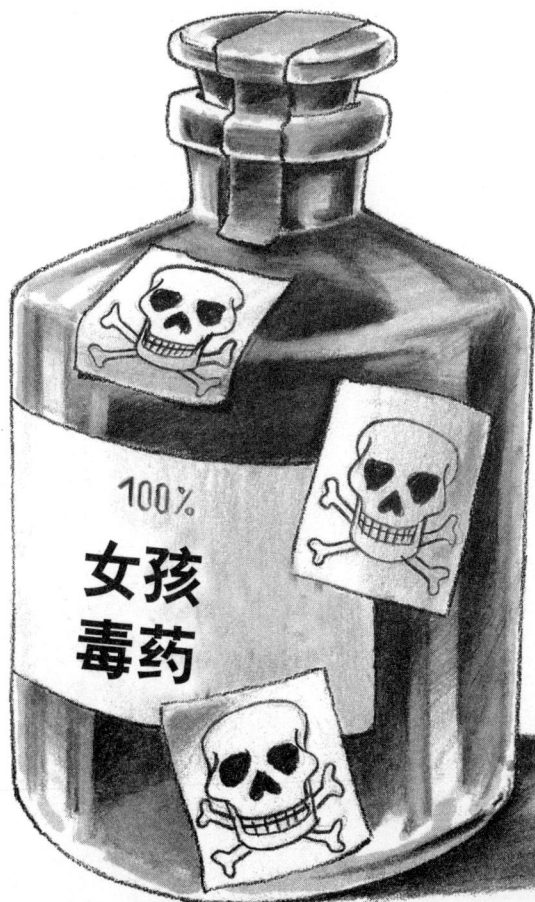

但他们总是显得有些不般配。不是吹牛，和"老鼠"比起来，我长得要像样得多。

无论如何，这是我第一次对女孩子感到厌烦透顶。她对我这样的侦探而言，简直就是一剂毒药……